冷たい骨に化粧

Makeup
on
cold bones

MARUKI Bunge

丸木文華

KODANSHA

Contents

冷たい骨に化粧

装画　榎本マリコ

装幀　坂野公一（welle design）

冷たい骨に化粧

Makeup
on
cold bones

あやか

「こちら柿崎《かきざき》係長のお宅ですよね。私、彼の部下のしまだあやかです。奥様に話したいことがあるんですけど、いいですか」

女はそうつけつけと言うや否や、紗耶香《さやか》が返事をする前に家に上がり込んだ。

あの、ちょっと。何なんですか。

そんな小さな抗議の言葉を口の中でもぐもぐと呟《つぶや》いただけで、紗耶香は何も言えずにしばらく棒立ちになっている。

生温《なまぬる》い柔らかな空気が、そっと毛穴を塞いで優しく皮膚を窒息させていくような、そんな四月の夕暮れ時だった。遠くから学校帰りの子どもたちのはしゃぐ声や駆け回る足音、買い物帰りの主婦の話し声が聞こえてくる。何の変哲もない日常の音が、今奇妙な女と対《たい》峙《じ》している自分とは遠く離れた別世界のもののように聞こえた。

しまだあやかと名乗った女は、堂々とリビングの椅子に座って開け放した窓から庭を眺めている。名刺もないのでどんな漢字の名前なのかわからない。そもそも夫の部下だという情報も本当なのか不明だ。

こんな怪しい女はとっとと追い出してしまった方がいいのに、気の弱い紗耶香はあまりに大胆な女の態度に気圧《けお》されて、卑屈にも紅茶まで淹《い》れて、どうぞとティーカップを差し出した。

見たところ自分たち夫婦と同じくらいの二十代後半といった年頃だろうか。小柄な紗耶香に比べて随分背が高く、百六十センチ台後半はありそうだ。身長だけでなく骨格そのものが大柄で、グレーのスーツの上からでも豊満な体つきをしているのがわかる。

肩の上で緩く巻かれたたっぷりとした艶《つや》やかな黒髪。丸顔でのっぺりとした造作だが、厚ぼったい瞼《まぶた》の下で細く光る瞳は陰険で、ふしぎと濃艶な色香があった。

格好からして会社を抜けてやってきたのだろうけれど、真っ赤な口紅に真っ赤な爪という派手な色が印象的で、会社でこんな色をつけていて平気なのだろうかと考えてしまう。見ればショルダーバッグも真っ赤だ。ブランド物に疎い紗耶香でも一見してわかる有名なロゴがでかでかと中央に貼りついている。偽物かもしれない。

ふいに、肋骨《ろっこつ》をぐうっと押し上げられる圧迫感に息を呑《の》み、紗耶香はそのまま座っていられずに身悶《みもだ》えた。

「どうかしたんですか」

向かい合って座る女に聞かれて、紗耶香は苦々しく微笑《ほほえ》む。

「すみません。ちょっと、お腹《なか》が」

「ああ……随分大きいですものね。いつがご予定でしたっけ」

「あと一ヵ月後です」

「それじゃ、臨月に入ったところって感じですか。大変ですねえ、そんなんじゃ少し動くのもお辛《つら》そう」

他人事《ひとごと》に輪をかけてどうでもよさを惜しみなく絡ませたような、台本の台詞《せりふ》を読むような調子。本当にこのおかしな女は何なのだろう。紗耶香は怯《おび》えと苛立《いらだ》ちに萎縮《いしゅく》する体をどうにか奮い立たせ、思い切って口を開いた。

「あの、今日はどういったご用件で」

「ええ、話したいことがあるんです。話し合うというよりも、ご提案という感じなんですけど」

「はあ。何でしょう」

「圭司《けいじ》さんと別れていただけませんか」

幅広い小鼻を興奮気味に膨らませて、あやかと名乗る女はひと息に言い切った。最初は柿崎係長と言ったのに、今は名前で呼んでいるのはもう何も隠すつもりがないからだろう。

そんな気がしていた。あやかがこの家を訪れたときから、紗耶香にはこの女が誰なのかわかっていたような気がする。

そんな心構えができていたせいか妙に落ち着き払ってしまい、あやかはそれが気に食わなかったのか怒ったような真顔で畳みかける。

「あたしと圭司さんはもう一年半くらい前から付き合っているんです。あなたと彼がどのくらいの期間交際して結婚したのか知らないですけど、つまり、あたしと圭司さんはあなたが妊娠する前からの仲なんです。そりゃ、奥さんが妊娠中に相手をしてくれなくなって旦那が浮気するなんて話はよく聞きます。でも、そういう種類のものじゃないんです。あたしも圭司さんも結構本気なんですよ。多分、あなたが妊娠なんてしなければ、とっくに圭司さんはあなたと別れてしまっていたと思います」

熱く捲《まく》し立《た》てるあやかに、紗耶香は「はあ」と気のない声で相槌《あいづち》を打つことしかできない。

実際、この気の強そうな女の来襲に対して、大人しい紗耶香にできることなど何もなかった。

一般的な妻であれば、突然やってきた夫の不倫相手にこうもズケズケと言われれば、反論したり、憤って帰れと叫んだり、冷笑して本気だったのはあなただけなんじゃないのと言ってみたり、決して冷静な態度など示せるはずもないけれど、紗耶香にはこの女に対して怒りを表明し攻撃的になることなどできそうにない。

かといって言われるままに離婚などできようはずがないし、もちろんそれを圭司に伝えることだって、紗耶香が自らしなければいけない道理がない。

感情を激しく揺さぶってはお腹の子に悪影響だろうしと、紗耶香は女の言うことすべてを聞き流すことにした。聞く姿勢だけを見せ、右から左へ受け流していれば、そのうちに女の言葉は意味を成さないただの呪文に変わってゆく。

「圭司さん、困ってるんですよ。だって本当に愛しているのはあたし一人だけなんですもの。だから、子どもが産まれて落ち着いたら離婚に向けて動くつもりだなんて言うんですけど、そんなの待てません。彼の気持ちははっきりしているんだから、今すぐ別れてしまった方がいいに決まっているんです。だけど、圭司さんは優しいからなかなかあなたに切り出せないの。わかるでしょう、彼の性格なら自分から離婚なんて言い出せないって。だからあたしがこうして直接お願いしに来たんです。圭司さんのために別れてあげてください。あなたがこのままここに居座っていると迷惑なんです。あたしじゃなくて、圭司さんが。愛してもいない女とずっと一緒に暮らしているなんて、ストレスできっとおかしくなってしまうわ。あなたは圭司さんの具合が悪くなるのをそのまま見ているっていうの。少しでもあの人を愛しているっていうなら、解放してあげて。養育費は出すと言っているんだから、一人で子どもを産んで、どこか別の場所で育ててちょうだい。あの人はあたしと一緒に生きていきたいのよ。残念だけど、それが真実なの」

あやかが立て板に水を流すように喋《しゃべ》り続《つづ》けるのを、紗耶香は、はあ、はあ、とただそれだけをロボットのように繰り返し、遮らず、怒りもせず、反論もせずに静かに聞いていた。

女の独断でここへ乗り込んできたことは明らかで、そして女にここまでさせてしまう圭司が恨めしかった。

あやかは言いたいだけ言ってしまうと、紗耶香が大した反応も見せないのに苛立ったか呆《あき》れたか、もしくは多少なりとも吐き出して気が済んだのか、「考えておいてくださいね。なるべく早く離婚してくださいね」と言いおいて、最後に出された紅茶を勢いよくずずずと音を立てて飲み干し、カップに真っ赤な口紅の跡を残して帰っていった。

紗耶香はあやかが出ていった後、床に念入りに掃除機をかけ、開けっ放しだった窓を閉め、カップを洗って彼女のいた痕跡を消して、ようやくひと息ついた。外はいつの間にかとっぷりと日が暮れている。

圭司が浮気をしているかもしれない、と疑い出したのはいつ頃のことだっただろうか。腹が大きくなってゆく毎《ごと》に、色々と細かなことが気になり出した。しかしいちいち感情を動かしていてはお腹によくない、と紗耶香は何も気づかないふりをしながら、ゆっくりと憂鬱《ゆううつ》な靄《もや》に覆われていった。

あやか曰《いわ》く、関係が始まったのは紗耶香が妊娠する前だったようだが、その頃にはまったく気づいていなかった。

紗耶香と圭司が結婚してまだ二年も経《た》っていない。結婚してしばらくしてこの中古の家を買い、そして間もなく紗耶香が身ごもった。そんな慌ただしい時期に浮気をしていたとは考えにくい。やはり典型的な妊娠中の浮気なのではないかと思えるが、あやかはそう捉えられるのが嫌で嘘《うそ》をついたのではないだろうか。

それでも、あやかの言葉のすべてが嘘とは思えなかった。圭司は大手製薬会社でシステムエンジニアとして働いている。紗耶香が妊娠した時期、社内の仕組みが随分変わったらしく、それに伴う様々な調整に手間取り帰りが遅くなることが多くなっていた。

もちろん最初はそれを信じていたし、別段疑う理由もなかった。けれどいつからだろうか。圭司の内側から紗耶香の知らない何かが滲《にじ》み出《で》てくるように思い始めたのは。

視線を合わせる回数が減った。疲れていつも少し不機嫌な顔をしている。口数も少なくなったように思う。そっけない横顔が、ふと見知らぬ男のように見えることもあった。けれどそれらはどれも些細《ささい》な変化で、紗耶香の考えすぎと取れないこともなかった。それに単純に仕事の疲れからそうなっているだけかもしれない。それなのに、よそよそしいのは浮気をしている罪悪感からではないかなどと、よからぬことに考えが及んでしまうのは、紗耶香の心身が変化したせいもあるだろう。

そのとき、ふいに流しの片隅に蠢《うごめ》くものを見つけ、紗耶香は声にならない悲鳴を上げた。またナメクジだ。この家はどこから入ってくるのかナメクジが時々出る。隣が三階建てのアパートで日当たりが悪く湿っぽいせいだろうか。

「もう、本当最悪」

紗耶香は震えながら割り箸でぬめるナメクジを摘《つま》み、窓の外へ放り投げた。

圭司はあやかがやってきたその日も夜遅く帰宅し、紗耶香は夫のために作っておいた料理を温め直す。

「紗耶香、今日はどう、体調は」

「うん。いつも通りだよ」

「もう臨月なんだし、気をつけてないとな。いつ産まれたっておかしくないんだろうし」

圭司は毎日こうして優しく紗耶香の体調を気遣ってくれる。昼休みにはいつもメッセージを送ってくれるし、帰る時間もいつも几帳面《きちょうめん》に知らせてくれる。

「でも、私初産だよ。普通は予定日過ぎることの方が多いみたい」

「そんなの人によるだろ。絶対一人のとき無理するなよ。紗耶香は真面目すぎるんだから。夕飯だって、こんなにいつもちゃんと作ってくれなくてもいいよ」

「私が好きでやってるんだよ。気分転換になるし、色々適度に動いてた方が赤ちゃんも早めに産まれてくれるみたいだし。今もちょっと普通よりは大きめだから、予定日超過はあんまりしたくないんだよね」

動きたいから家事をしているというのは嘘ではない。けれど、それまで看護師として忙しく働いていた紗耶香は、仕事をせずにずっと家にいることに罪悪感があった。自分がここにいる理由が欲しかった。家事を完璧にこなし、お腹に宿した子を育み、社会の一員として存在している、役に立っている、と自分に言い聞かせていた。

「うん。本当、適度にな。この時期一人にしとくの不安だよ。うちの母親呼んでもストレスになるだろうし、俺もなるべく早く帰りたいんだけど……」

胸のあたりにごろりとした違和感が芽生える。けれど紗耶香はそれを表情に出さず茶碗《ちゃわん》に白飯を盛りつけ、圭司の前に置く。

「気を遣わないで。圭ちゃんは仕事なんだから仕方ないじゃない。大丈夫、少しでも違和感があったらすぐにタクシーでも何でも呼んで病院に行くからさ」

圭司にあやかが来たことを言うべきか否か、紗耶香は迷った。正直に報告して、それで圭司に認められてしまったら、紗耶香の逃げ場がなくなってしまう。あいつの言うことは嘘だと否定されたとしても、疑いは依然として残る。

結局、紗耶香はあやかのことを何も聞かないことにした。言っても言わなくても同じなのだ。紗耶香は圭司と別れたくない。それならば、あやかという女のことは無視して、これまで通りに暮らしていくことが最も適切な道だと思えた。

「ねえ、ところでまたナメクジが出たの。どうにかならない」

「また？　どっかから上ってくるのかなぁ。業者探してみようか」

「お願い。勝手に入ってくるの、本当に気持ち悪くって」

わかった、と気のない声で言いながら、圭司はテレビのお笑い番組を眺めて時々小さく笑っている。

「うん、この豚の生姜焼《しょうがや》きうまいよ。紗耶香は本当料理上手だよな」

肉の脂でてらてらと光る唇を盛んに動かし、圭司は夢中で紗耶香の手料理を食べる。その唇で、あやかの赤い唇を吸ったのだろうか。そう思うと、急に呼吸ができなくなった。

「あなた、圭司さんに何も言わなかったでしょう。どうしてよ。早く離婚したいと言いなさいよ。あたしが来たことまで秘密にして、何で黙ってるのよ。そうやって澄ましていれば問題が解決するなんて思っていたら大間違いよ。言っておきますけど、あなたが圭司さんに離婚したいと言うまで、あたしはここに来るのをやめないからね。ねえ、迷惑でしょう、腹が立つでしょう。旦那にぶちまけなさいよ。醜い泣き顔で喚《わめ》き散《ち》らしなさいよ。あの女誰なの、一体いつからあたしを裏切っていたの、って。その不格好な大きいお腹を揺らしてヒステリックに叫びなさいよ」

あやかは数日後再び夕暮れ時にやってきた。

今日も真っ黒で豊かな髪を緩く巻き、滴るように赤い口紅と爪をぬめぬめと光らせ、大柄で豊満な肉体でのしかかるように紗耶香に迫った。

「ねえ、あなた、紗耶香さんだっけ。大人しそうな顔して随分ふてぶてしいのね。妊婦になると皆態度が大きくなるっていうけど本当だわ。妊婦ってすごく周りに迷惑かけてるのに気遣ってもらうのが当然と思っているものね。ねえ、あなた家に引きこもっているのかもしれないけど、妊婦って存在がどれだけ世間に嫌われてるか知ってる? 妊婦と、あと小さい子連れ。本当に忌々《いまいま》しいのよね。世界で自分たちがいちばん幸せで尊重されるべきと思ってる腹立たしい奴《やつ》らよ。あなたも職場に妊娠で穴を開けて、出産したら同僚に負担をかけるのに時短で堂々と戻って、大きな顔をしているつもりなんでしょう。はっきり言うわ、本当に迷惑。存在自体が迷惑なんだから、もっと縮こまって申し訳なさそうに生きなさいよ。こんな面《つら》の皮の厚い女、圭司さんだって愛想を尽かすのは当然だわ。恥を知りなさい」

あやかは前回に引き続き、一人で息つく間もなく喋り続ける。すべて聞き流すつもりでいても、所々、紗耶香の頭を不快に刺激してくる言葉を無意識に拾ってしまう。

妊娠してから、誰かに迷惑をかけているのではないかと、徐々に周りの目が気になり始めたのは事実だった。

妊娠を理由に退職を願い出たとき、人手不足が深刻なので、産んでからもどうか続けて欲しいと懇願されたけれど、自分はきっと子どもにつきっきりになってしまうからと断ったのだが、それでひどく失望されたことがきっかけだったかもしれない。

「また来るからね。あなたが圭司さんと別れるまで何度でも」とあやかは言い捨て、帰っていく。

その言葉の通り、変わらず紗耶香があやかの存在を無視していると、女は再度やってきた。いつでも夕暮れ時だった。

あやかは紗耶香が出した紅茶を毎度大きな音を立ててずずずと啜《すす》って飲んでいる。そしてカップにナメクジの這《は》った跡のような真っ赤なぬめりを残して帰る。

飲食の仕方はそのままセックスに通じるというが本当だろうか。あやかは紅茶の飲み方ひとつとってもお行儀がいいとは言えない。とすると、セックスも下品で音が大きく派手なのだろうか。

紗耶香はあやかの骨太ながらにメリハリのきいた、きゅっと締まった腰を見る。今の紗耶香にはないもの――成熟した女性としての魅力。自由な体。髪を巻く余裕。常に美しいネイルを保つ美意識。男の欲する、女という生き物のすべて。

あやかは何度でもやってきた。気が変になりそうだった。そしてまるで紗耶香を追い詰めようとでもするように、ナメクジを発見する日も多くなった。ある日真っ赤なナメクジを見つけて紗耶香はギョッとした。まるであやかの唇のようだ。紗耶香はそれに熱湯をかけて殺した。

毎日あやかに怯えて暮らした。今日もきっと来てしまう。そんなおぞましい予感を覚えた紗耶香は居ても立っても居られず家を飛び出した。夕飯の買い物だ。何もおかしいことはない。あの女から逃げているわけではない。

そんな言い訳などしなくてもいいのに紗耶香はそう自分に言い聞かせながら最寄りのスーパーへやってきた。いつも買い物をしているこの場所に来ると心が安らぐ。何の変哲もない日常がここにあるのだ。おかしな女の襲撃を受けていることがまるで悪夢のように思える。

カゴを持って青果コーナーを見ていたとき、視界に飛び込んできたものに紗耶香はぎくりとして立《た》ち竦《すく》んだ。

あやかだった。確かにあの女としか思えないシルエットがスッと鮮魚売り場の方へ消えていったのだ。

自宅に紗耶香がいなかったので仕方なく買い物にでも来たのだろうか。紗耶香は思わず後を追いかけた。しかしほんの数歩先の距離にいたはずのあやかは、すでに影も形もない。

(どういうこと？　絶対にいたのに)

そのとき、唐突にぽんと肩を叩《たた》かれ、紗耶香はもう少しで叫び声を上げそうになった。

「柿崎さん、偶然ね。夕飯のお買い物かしら」

隣家の主婦が気安く声をかけてきた。紗耶香は慌てて平静を取り繕う。話し好きのこの隣人は近所のことなら何でも知っていて、真偽不明の噂《うわさばなし》話をよく喋っている。変な印象を持たれておかしな噂話にされたくはない。

「お腹も随分大きくなって買い物も億劫《おっくう》でしょう。最近ずっとお見かけしなくて、少し心配していたのよ。ご主人も帰りが遅いし、ずっとお家《うち》に一人でしょ」

「心配してくださってありがとうございます。その……最近は頻繁に友人も来てくれますので」

　圭司の出勤時間や帰宅時間まで把握している彼女が、何度も家を訪れるあやかの存在を知らないはずがない。妙な憶測をされても面倒なので、先にこちらから友人と言い切ってしまう方がいいだろうと思った。

　しかし、隣人はふしぎそうな顔で首を傾《かし》げている。

「あら、そうなの。お宅にお客さんなんて全然来てないと思ったけど」

「いつも今くらいの時間なので、こうしてお買い物に出ていらっしゃるんじゃないですか」

「そんなことないわよ。うち、一週間分くらいまとめ買いしちゃうの。だからこの時間ここにいる方が珍しいのよ」

　あやかのような大柄で目立つ女に隣人が気づかないということがあるだろうか。少しでも近所で見かけない人物がいれば、あれは誰かしらと聞いて回るような人が、あの女を知らないはずがない。

（まさか、あの女は私にしか見えないの）

　自分の妄想なのか、それとも。

紗耶香はぶるりと震えた。いや、そんなことはあり得ない。隣人の勘違いだ。他人が気づこうが気づくまいが、あやかは確かにいるのだ。

いつも紗耶香を脅し、責め、紅茶を啜って帰っていく。今さっきだって、あやかはここにいた。それなのに。

それからもあやかは変わらずやってきた。

紗耶香はもう数えきれないほどこの女の顔を見ている気がした。

一体この女は本当に存在するのだろうか。それとも自分だけに見えているナニカなのだろうか。

いよいよ腹は爆発しそうに迫《せ》り出《だ》して、夜に寝返りを打つのもひどく苦痛なほど重くなっている。眠れなくなり、常に気が塞いでいた。家事もろくにできない日が続くようになった。毎日のようにやってくる亡霊かもしれない女と会っている他は、横になっているか食べているかナメクジを殺しているかだった。

夕暮れ時になると一層憂鬱になる。またあやかが来るのではないかと逃げ出したくなる。そして実際、あやかはやってくる。

「今日はね、あなたに謝らなくっちゃいけないことがあるの」

あやかは気味が悪いことを口にする。殊勝な態度を示し、細い目を潤ませて卑屈に紗耶香を見上げているが、その唇も爪も相変わらず赤く染まり、紗耶香を威嚇している。

「この前、妊婦のこと随分悪く言ったでしょう。悪かったわ。お腹の大きい人に対して言うことじゃなかったわよねえ。ついつい、本音が出ちゃっただけなのよ。でも、あたしも認識を改めなきゃいけないわ。まさか自分のことを悪く言うわけにはいかないし」

「え？」

初めて、紗耶香はあやかの話をもっと聞きたいと思った。

「え？　何ですか。今、なんて」

あやかはいつものように紅茶をずずずと飲んだ。

「あ、これもあんまりよくないんだっけ。カフェインってとらない方がいいんですよねえ。どうなのかしら。まあ、ちょっとぐらいいいか」

あやかは赤くぬるつく唇の端を耳まで引き裂くように吊《つ》り上《あ》げてニタリと笑い、自らのお腹を擦《さす》った。

「あたしも妊娠したんです。もちろん、圭司さんの子ども」

頭の中から何かが消失する音が聞こえた。

「圭司さんたらね、すごく喜んでくれて。もちろん、あたしと結婚して一緒に育てるって言ってくれたわ。新しい家も買おうって。こんなジメジメした黴臭《かびくさ》い中古じゃなくって、新築で、もっと利便性のいい場所に土地を買って、二人であぁでもないこうでもないって相談しながらリビングやキッチンの配置を決めて、唯一の幸せな家を作るの。あたしは可《か》愛《わい》い赤ちゃんを産んで、三人で新しい生活を始めるわ。圭司さんは子育ても一緒にしようって。きっと子煩悩ないいパパになってくれるわね。名前だってもう決めてあるの。圭司さんとももちろん相談するけど、彼はあたしの希望なら何だって叶《かな》えてくれるから、実際決まったようなものよね。ああ、それにしても父親のいない子どもって可哀想《かわいそう》ねえ。それは同情しちゃうけど、でも仕方がないわ。あなたは圭司さんの運命の人じゃないんだから大人しく引き下がって」

気づいたら、紗耶香はあやかの首を絞めていた。そんな力がどこにあったのかという恐ろしい指の力で、あやかの白い喉を潰すように絞っていた。

あやかは必死で暴れ、長い手脚をばたつかせて抵抗した。椅子から転げ落ちたあやかの上に馬乗りになって、紗耶香は全体重を、自分と胎児の重みをすべて指に押し込めて絞め続けた。

一体どのくらいそうしていただろうか。はたと我に返ると、あやかは紫色に膨れた顔を硬直させ、カーペットを引《ひ》っ掻《か》いたままの格好で固まっていた。左手の薬指からは赤い爪が根本から剝がれて、繊維の奥に無造作に突き刺さっている。

「あ、やっちゃった」

そう思ったら、そのまま声に出ていた。あまりに淡々とした声が出て、自分で自分にゾッとした。

本当に殺したのだろうか。これは生きて存在していたものだったのだろうか。何もわからなかった。けれど紗耶香の指は確実に肉を絞り骨を押し込んでいた。

じわ、とどこか覚えのあるような痛みが腹部を襲った。どきりとして息を呑む。それは生理痛のようなもので、少し経つとすぐに消えてしまう。そして、紗耶香がふらりとあやかの上から立ち上がると、股間から何かが勢いよく漏れた。

叫び声を上げ、倒れそうになってテーブルにしがみつく。あやかの白いブラウスの上に滴ったそれはピンク色だった。

破水だ。じゃあ、さっきのは陣痛か。

そう思う間もなく、前のものよりも強い痛みが走った。

間隔が短すぎる。まさか、もうすぐ産まれてしまうのか。

紗耶香は焦って圭司に電話をかけるが、仕事中で繫《つな》がらない。

このままタクシーを呼んで家を出ていいのか。『これ』を残したまま病院へ向かっていいのか。いや、いいわけがない。仕事から帰った圭司に見つかってしまう。しかし、この状態で紗耶香に何ができるというのだろう。

紗耶香は思わずあやかの紫色の顔を見た。真っ赤に充血した目が普段の倍ほどに見開かれ、ありったけの憎悪を込めて紗耶香を睨《にら》みつけている。うっ血した顔の中で赤い唇だけが、未《いま》だにぬめぬめとして生きていた。

紗耶香は悲鳴を上げた。一目散に家から逃げ出した。

転げるように通りに出た瞬間、信じがたいほどの激痛に襲われ、息ができなくなった。どうして、どうして。初産なのに、なぜこんなに早いの。この痛みはまだ序の口なの。それともお腹で何か異変が起きているの。私の赤ちゃんに何かが。

額に脂汗を浮かせてうずくまる紗耶香の周りに、人が集まってきた。

『いやあ、もう、びっくりしたよ。会議終わってスマホ見たらさ、もう産まれたってメッセージ来てんだもん』

圭司は笑いながら画面に映る産まれたばかりの赤子を覗《のぞ》き込《こ》もうとして、限界まで顔を近づけている。流行の新型ウイルスのために患者本人以外病棟に入ることすらできない状況なので、圭司はビデオ通話で子どもと初対面するしかなかった。

紗耶香は通行人の呼んだ救急車で病院へ運ばれ、あっという間に子どもを産んだ。平均よりも少し大きな女の子だった。母子ともに健康で、医者に「あなたのように簡単に産める人には何人も産んで欲しい」と言われるくらいの安産だった。

「私だってびっくりしたよ。初産だから一日くらいかかると思ってたもん」

『そうだよなあ。でも、二人とも元気でよかったよ。っていうか、何で家の外で救急車呼ばれたの。買い物帰りとかだったの』

笑い混じりの圭司の軽い問いかけに、紗耶香は怒濤《どとう》の出産で頭から飛んでいたあの忌まわしい出来事を思い出し、幸福と解放感に包まれていた体に一気に冷水を浴びせられたようになった。そういえば、圭司は今どこにいるのだろうか。ハッとしてディスプレイの背景を凝視する。

いつもならば残業でまだ会社にいる時間帯だ。しかしその壁は、映り込んでいるカーテンは、どう見ても圭司の書斎だった。

紗耶香は凝然と圭司を見た。圭司は幸せそうに微笑んでいる。紗耶香の腕に抱かれた小さな小さな新しい命を、とろけそうな笑顔で見つめているだけだ。

「ねえ、圭ちゃん。本当にごめんね」

『何だよ、いきなり。何で謝るの。俺の方こそごめんだよ。紗耶香が不安だったろうに側にいてあげられなくてさ、電話にも出られなくて』

「違う、違うの。そうじゃないの。わかってるでしょ」

圭司は眼鏡の奥の穏やかな目を瞬《しばたた》かせて首を傾げている。

『何。全然わかんないよ。どうしたの』

「リビングで、見たでしょ。私、私、そのショックで陣痛が起きたの。私、圭ちゃんにはずっと言えなかったけど、その人、ずっとうちに来てたのよ。ずっと私に脅しをかけてて、それで」

『待って、紗耶香待って』

慌てたように遮られ、紗耶香は言葉を呑み込んだ。圭司は困惑しきった表情で、紗耶香の真意を量ろうとするようにこちらをじっと観察している。

『一体何の話だよ。俺、紗耶香が何のこと話してるのか全然わかんない』

「わかんない、って。リビングにいたでしょう。その、女の人」

『いないよ、誰も』

紗耶香の頭は真っ白になった。圭司は普段通りの調子で喋り続ける。

『会議の後スマホ見て、紗耶香のメッセージ見てびっくりしてさ。今日は仕事なんかしてらんないと思って、上司に話して、すぐに帰宅したんだ。家の中は特に何も変わったことはなかったよ。リビングのテーブルに飲みかけの紅茶があって、玄関の靴が散らかってて、サンダルだけなかったから、まさか紗耶香はサンダルで病院に行ったのかと思って、それだけ慌ててたんだと思ったら本当に申し訳なくなった。入院のために準備してた荷物とかも寝室にそのまま置いてあったからさ、これからでも持っていけるなら届けに行くよ。それ、看護師さんに聞いてみてくれる。これないと困るだろ、着替えとか色々さ』

「う、うん。わかった。聞いてみる」

紗耶香は圭司と会話しながらも呆然《ぼうぜん》としていた。

リビングに、あやかの死体がなかったというのは、どういうことだろう。圭司が嘘をついている様子はない。上手《うま》く隠しているだけかもしれないが、そうだとしたら相当の役者だ。

(やっぱり、あの女は実在しなかった？　私の妄想？)

あやかは紗耶香の頭が作り上げた存在だったのだろうか。けれどあの女はあまりにリアルだった。それに確かに殺してしまったという感覚が残っているのだ。しかし死体はそこにないという。

それとも、まさかあやかは死んでおらず、息を吹き返して自分の足で出ていったのだろうか。いや、間違いなく死んでいたし、あそこから蘇生《そせい》できるとは考えづらい。とはいっても、あり得ないことではないかもしれない。

もしくは、第三者が家の中に侵入してあやかの死体を片づけたのだろうか。誰が。一体何のために。

考えれば考えるほどわからなくなり、紗耶香はただ虚空を見つめた。

『紗耶香、何か変だけど、いきなり陣痛始まって混乱してたんだよ。今夜はゆっくり休んで。赤ちゃん、看護師さんが預かってくれるんだろ』

「うん、そうだけど。あの、ひとつだけ聞かせて。じゃあ、圭ちゃんって、あやかさんとは」

『あやかって誰』

紗耶香は今度こそ絶句し、何も言えなくなった。

まさか本当に、あやかそのものが、そもそも存在しなかったのか。あれだけ頻繁に家を訪ねてきて、一方的に喋り散らして、紗耶香を責め立てていたではないか。汚い音を立てて紅茶を飲んで、自分の家のように堂々としていたではないか。

(でも、そういえば、あの人が私に言っていたことは、全部元々私が考えていたことだった)

圭司の浮気を疑っていたし、妊婦が世間から攻撃されていると思い込んでいた。それに、スーパーで見かけたあやかは煙のように消えてしまったし、近所を常に監視している隣人はあやかのことを見ていないと言っていた。そう考えてみると、『あやか』という名前も、まるで自分の『さやか』という名前を少し変えただけの、いかにも創作物という感じがしてくる。

しかし、実際にあやかの白い喉を渾身《こんしん》の力で絞め続けた後の手の痺《しび》れ、あの肉と骨に指が食い込む感触は、あまりにも生々しく残っているのだ。

（あやかは私が作り出したものだったの？　本当は存在しない人なの？　あんなにもリアルで、生き生きとしていたのに）

その後圭司と何を話したのか覚えていない。ビデオ通話が切れ、腕の中でスヤスヤと眠るあまりにもか弱い存在に視線を落としたとき、胸は愛おしさであふれ、あやかに関する多くの疑問は散り散りになって消えた。

もう、あんな女のことなどどうでもいいではないか。あれは自分の妄想だったのだ。そう考えればすべての辻褄《つじつま》が合う。これからは、この儚《はかな》い、自分が守らなくてはすぐに消えてしまうような命を、必死で育てていかなくてはいけないのだ。他のことなど考えている余裕はない。

紗耶香の心は晴れやかに冴《さ》え渡《わた》っていた。

それから四日間入院し、何の問題もなく、紗耶香は子どもと一緒に帰宅した。

玄関の扉を開けて中へ入るとき、不安がなかったといえば嘘になるが、足を踏み入れた瞬間、その清々《すがすが》しい空気に、紗耶香はまるで自分が別の家へやってきたかのような感覚に陥った。

「ねえ、なんだか家の空気が違う気がする」

「お、気づいた？　実はさ、紗耶香がいない間に色々やったんだ」

鼻をひくつかせる紗耶香に、圭司は得意げに笑いかける。

「紗耶香、ナメクジのことで悩んでただろ。駆除業者呼んで徹底的にやってもらったし、掃除もしてもらった。あと、気分も一新しようと思ってカーテンとかカーペットも替えたりしてさ。やっぱり紗耶香と赤ちゃんが帰ってくる家は、綺麗《きれい》にしておかないとと思って」

「そうだったんだ。すごい。ありがとう、圭ちゃん」

リビングに入ると、確かにカーペットもカーテンも違うものになっている。ソファのクッションまで新しい。寝室のベッドカバーなども様変わりし、家の中はどこもかしこもピカピカで、まるで新築に引っ越してきたようだった。

「ところで、この子の名前決めた？」

「そうね。ずっと入院中も考えてたんだけど、『春《はる》』っていうのはどう」

「いいんじゃない。春生まれだし、紗耶香は春が好きだもんな」

紗耶香は頷《うなず》き、腕の中の愛《いと》し子《ご》を眺めた。春は好きだったけれど、嫌な季節になりかけていた。それでも今、紗耶香はやはり春がいちばんいいときだと感じている。こんな素晴らしい宝物を授かることができたのだから、最高の季節に違いない。

日々は瞬く間に過ぎ去り、愛娘《まなむすめ》は六ヵ月になった。季節は秋に移り、冷たく乾いた風が吹き始める。

家は快適で、もうナメクジもしばらく見ていない。子育ては息つく暇もないけれど充実している。圭司も仕事が落ち着き毎日ほとんど定時で帰ってくるようになった。出産前、あれほど鬱屈としていたのが嘘のようだ。

「あ、こらこら、そんなところだめよ、汚いよ」

春はずり這いを始め、自ら様々な場所に移動できるようになった。常に目が離せなくなり、そろそろベビーサークルを買わなければとため息をつくものの、著しい成長にいちいち感じ入ってしまう。

「今日はどんな悪さをするのかな？　いたずらっ子ちゃん」

スマホを構え春の成長を記録する。膨れ上がった画像や動画のデータをどうにかしなくてはと思うのだが、これだけはやめられなかった。毎日新しいことができるようになる。その一瞬一瞬を見逃すわけにはいかない。

春は庭の方まで這っていき、いちばん触れて欲しくない窓の桟に手を突っ込んでいる。紗耶香は慌てながらも撮影は停止せず、笑って娘を回収しに歩み寄った。今日もこんないたずらしてたんだよ、と圭司に毎日報告するのが一日の楽しみとなっていた。またやったな、と二人して笑いながら動画を鑑賞するのだ。

そんなことを考えて微笑んでいた紗耶香に、春が振り返って無邪気な笑みを向ける。その手には赤い爪が握られている。

真夜中のドライブ

夜の高速道路は宇宙みたいだ。

暗闇に光る車のバックライトと、東京から離れるほどに増えていく星の光がだんだん繋《つな》がっていって、まるで星空に向かって走っていくような気分になる。

「真《まこと》、隣大きいトラック来るから窓閉めな。排気ガス臭いよ」

「だって外の空気吸いたいんだもん。気持ちいいじゃん」

「そろそろサービスエリアに入るから、そこで深呼吸しなよ。ひと休みしよう」

真は渋々窓を閉めた。一般道じゃ味わえない猛烈な風を浴びるのが、ジェットコースターみたいで楽しかったのに。

ぼさぼさになった前髪を手ぐしで整えていたら、なんだか妙におかしくなってきた。高校生になったのに、子どもみたいなことをしている。それに、久しぶりの母とのドライブが嬉《うれ》しくてはしゃいでいる自分に気づき、少し恥ずかしくなった。

「おかえり」

「あれ？　ママ、どうしたの」

塾帰りで玄関に入るなり、待ち構えていたように小走りで出てきた母を見て目を丸くする。

水曜日と金曜日は塾の日で、いつも帰りが夜の九時過ぎになる。十月も終わりかけの今は日中暖かくても日が暮れればかなり冷え込んできて、早くも冬の気配を感じてしまう。

「あのさ、ドライブ行かない？」

「え、何それ。いきなりどうしたの」

帰るなり突然誘われたのは少し驚いたものの、母と夜のドライブなんてちょっとした冒険みたいで、すごくワクワクした。

同じ塾に通っている友だちの友梨佳《ゆりか》が、今日好きな子に声をかけてみるらしく、今夜その顚末《てんまつ》を聞く約束をしていたけれど、部屋で大人しく連絡を待つよりも夜中のドライブの方がずっと楽しそうだ。真は二つ返事で了承し、すぐに車に乗り込んだのだった。

ウィンカーを出して速度を緩め、サービスエリアに入る。ふと目にした看板に見覚えがあるのに気づいて、真はあっと声を上げた。

「ここ、前にＳＮＳで話題になってたとこだ！　美味《おい》しい豚まんがあって、これのために高速乗る人もいるくらいなんだって」

「でも、もうお店閉まっちゃってるんじゃない。十時近いもの」

一気に上がったテンションが、一気に下がる。そういえばサービスエリア内のレストランや売店はすでに薄暗い。

停車した車から出ると、少し肌寒い秋の空気が心地よかった。ここで豚まんが食べられれば最高だったのに。

「あーあ。むなしー。でもせっかくだからお店の写真は撮っとこ」

「ごめんね、こんな遅い時間じゃ何も楽しめないわよね。今の時期なら少しは紅葉も見えたのに」

「いいよいいよ、ほら見て、暗いから星だけたくさん光っててすごく綺麗《きれい》。こんなの今の時間じゃないと見られないでしょ」

サービスエリアの僅かな灯《あか》りを除けば、辺りは真っ暗だ。山の稜線《りょうせん》が遠くにうっすらと見える程度で、あとは空に瞬《またた》く星ばかり。東京では夜空なんて滅多に見上げない。上なんかぼけっと見ていたら人にぶつかってしまうし、見ても面白いものなんか何もない。

「あら、ほんとにそうね。空なんて見てなかった。こんな星空、東京じゃ見られないね」

「それにママとこうやってお出かけするの久しぶりだもん。それだけで楽しいよ」

母は真の言葉に美しい大きな目を見開いて、「真ったら」となぜか寂しげに微笑《ほほえ》んだ。

その表情を見て、真の胸に一抹の不安が過《よぎ》る。今まで母との夜のドライブに浮かれて何も考えていなかったけれど、こんな時間にこうして高速にまで乗って出かけているのだから、何かしら特別な事情があるのかもしれない。

真は制服のままだし、何の準備もしてきていない。後部座席に大きなスーツケースがひとつあったので、母は何かしらの支度をしてきたのだろうけれど、もしどこかに宿泊でもするのなら、化粧水やら乳液やら下着やら、色々と買わなくてはいけない。

「てかさ、今お店大丈夫なの?」

「うん、今日はサクラさんたちに任せてあるの。私が年がら年中いなくたって平気だしね」

真の母、紗理奈《さりな》は東京に数軒の飲食店を持っている。そのひとつは何人ものホステスを抱えるいわゆる水商売というもので、紗理奈自身も特別な客が来る際には店に出て接待をしているのだ。母が水商売の店をやっていることで陰口を叩《たた》かれたこともあるけれど、真は平気だった。

(だってママは誰より優しくて綺麗だもん。意地悪言ってくる奴《やつ》らとは外側も内側も天と地の差。それにあたしたちの歳《とし》で出産して子育てしながら仕事もして、成功して……なんて、普通にできることじゃない。仕事の内容なんか関係ない。ママは誰より頑張ってきたんだ)

真は今年十六歳になるが、紗理奈はまだ三十二だ。つまり、真と同じ歳で娘を産んだことになる。三十代とはいってもほとんど二十代にしか見えない紗理奈は、真と一緒に歩いているとよく姉妹に間違われた。勘違いされると母は恥ずかしそうにしているものの、真はいつも得意に思う。若くて綺麗な母親は何よりの自慢なのだ。

真に父親はいない。幼い頃「パパはお空の上にいるんだよ」と聞かされて、次第に会うことはできないんだと理解するようになった。

紗理奈に度々金をせびりにやってくる真の祖父に訊《たず》ねれば、「どこかの馬鹿の種を孕《はら》んできたんだよ」などと耳障りな声で嗤《わら》うので、父親の話は誰にも聞かない方がいいらしい、と子ども心に悟ったものだ。母を蔑むような祖父の態度で、紗理奈が真と同じ年齢で子どもを産み、そしてすぐに故郷を出て東京にやってきた理由もわかった気がした。

母の実家には一度も行ったことがない。行きたいとも思わなかった。昔からよく上京して真の面倒を見てくれた、今は亡き祖母のことは好きだったけれど、母の故郷はどうしても身近には思えなかったのだ。紗理奈自身一度も故郷に帰らなかったし、祖母もまるでそのことは口にしない。たまに来る祖父は東京で成功しているはずの娘を褒めるどころかいつも下に見ていて、母の育ったであろう場所には嫌な印象しかなかった。

「ねえママ、これからどこに行くの」

真と紗理奈は自販機で温かい飲み物を買って、ほとんど他に人のいない飲食スペースの椅子に腰を下ろす。

真正面に座る母をまじまじと見つめると、素顔なのにまるで化粧をしているように華やかだと思う。真もよく母親似だと言われるけれど、自分の顔はこんなに綺麗じゃない。一体何が違うのだろうか。雰囲気か、仕草か、はたまた内面から滲《にじ》み出《で》る何かなのか。いや、きっと色気というやつだ。中学のとき仲のよかった男子に密《ひそ》かに思いを募らせて告白したら、『お前ガサツだから女って気がしない』と振られたことを恨みがましく思い出す。

紗理奈はホットコーヒーを飲みながら、小さく首を傾《かし》げる。

「そうねえ、どこに行こうか。真、どこ行きたい？」

「何だ、目的地とかないわけ。本当にただ走るだけのドライブ？」

「うん……。ごめんね、いきなりこんな風に連れ出しちゃって。これから真とこういう時間、しばらく持てなくなると思ったから」

石を呑《の》んだように、腹の奥がずしりと重くなった。気温は寒いくらいなのに嫌な汗が一気に噴き出すのがわかる。あらゆる悪い想像が豪速球で真の頭を駆け巡った。

事業の失敗？　重大な病気？　何かのトラブル？

これから母と一緒にいられなくなるのだろうか。ずっとべったりだった母娘《おやこ》二人の生活が急に変わってしまうのだろうか。こんなに綺麗なのに恋人の一人も持たず、仕事以外の時間はずっと自分のために使ってくれていた母。とはいえ多忙を極める母が自分のために使える時間など稀《まれ》だったので、友だちとの予定があっても母に誘われれば二つ返事で母と一緒にいることを選んだ。

そして何より母といるのが心地いいのだ。服や食べ物の趣味も合うし笑いのツボも一緒だし、話していて誰より楽しいのが母だった。これで自分が男ならマザコンと白い目で見られただろうけど、女の子が母親に甘えていても特にそんなことは言われない。女でよかった！　と実感する。

想像でも母のいない日々など考えられなかった。ずっと忙しく働いてきた母の背中を見てきたせいか反抗期もなく、母を支えるため家事を全面的に担って助け合ってきた。一心同体という文字そのものだったのに、それが引き裂かれてしまうのだろうか。そんなのあり得ない。絶対に嫌だ。

何時間も思考したようで、一瞬の間だった。

真が「どうして？」と何とか小さい声を絞り出して聞き返すと、紗理奈は少しの躊躇《ちゅうちょ》の後に、意を決したように口を開く。

「ママね、自首しようと思ってるの」

「自首……？　何でよ。何、しちゃったの」

「あのね。おじいちゃん……殺しちゃったの」

まるで宇宙空間に放り出されたように、周囲が無音になった。

遠くに聞こえていた高速道路を走る車の音も、寿命の近い蛍光灯の唸《うな》る音も自動ドアが開く音も、すべて消えた。言葉を失うとはこういうことか、と思った。頭の中が真っ白になって、一瞬、何も考えられなくなった。

週に一度は娘の紗理奈に金の無心をしに来ていた祖父。祖父といっても、まだ還暦にもならない脂ぎった中年男だ。いつも酒臭くて、ギャンブルばかりして、母に猫なで声で金をせがむ祖父が、真は嫌いだった。

娘だろうとなんだろうと、女は男に貢ぐのが当然だと思っているような男だ。勝手に家に上がり込んで茶をせがむのを真が拒絶すれば、「おいおい、祖父を敬えよ。男を敬え。そうしないと女は不幸になるぞ。世の中はそういう風にできてんだ」と酒臭い口でがなり立てていた。

そんな祖父を、母が殺したのだという。誰に殺されてもおかしくないような男だが、この優しく美しい母が、となると、まるで現実味がなかった。

「えっと、冗談、とかじゃないんだよね」

「うん、残念ながらね」

「じゃあ、こんなドライブしてていいわけ。どこでやっちゃったの。ってか、おじいちゃんの体、どこ」

「後部座席のスーツケースね、あそこにおじいちゃん入ってる」

「げ、嘘《うそ》っ」

衝撃的な事実に叫んでしまい、思わず周囲を見た。離れた喫煙所でトラック運転手風の男が煙草《たばこ》を吸っている姿があるが、こちらを見向きもしない。

あの大きなスーツケースは、宿泊のための荷物ではなかった。中には祖父の死体が入っていたのか。母と二人水入らずのドライブだと浮かれていたら、とんだおじゃま虫が後ろにいたのである。真は気分が悪くなってきた。

「ごめんね、びっくりしたよね」

「そりゃびっくりだよ。そんなもの、何で持ってきちゃったの。気持ち悪い」

「おじいちゃん、家に置いておきたくなくて。どうしたらいいのかわからなくて、とりあえずドライアイスと一緒にスーツケースに突っ込んで車に載せちゃった」

しでかしたことのわりにケロッとしている。けれど、膝の上に置かれた手は関節が白くなるほど握り締められている。いつも綺麗に手入れされている長いネイルが手のひらに食い込んでいないか心配になった。

「そんなノリ？　ママ結構パニックだね」

「そりゃ、殺しちゃったんだもの。スーツケースごとどこかに置いてきちゃおうかと思ってる。家に放置するのもずっと一緒にドライブするのも嫌なのよ。それで真を家に帰したら、ママはそのまま警察に行くから」

「いや、行かなくていいでしょ」

あまりにも自然とその言葉は出てきた。

「自首なんかしないで、おじいちゃんの死体隠しちゃおうよ。それで全然いいよ」

紗理奈は目を丸くしている。口紅もしていないのに赤い唇が微《かす》かに震えた。

「何言ってるのよ、だめよ、そんなこと」

「だめじゃないでしょ。あたしはママに今まで通り一緒にいて欲しいし、おじいちゃんなんてどうでもいい。おじいちゃん、いなくなったって誰も気にしないし探さないよ。そういう人だったでしょ」

二年前に祖母が亡くなってからは、それまでもギャンブルに酒にと好きに遊んでいたのに拍車がかかり、頻繁に夜の店で散財するようになった。元々実家が裕福だった祖母の資産を食いつぶし、家を差し押さえられてからは紗理奈と真の家に転がり込もうとしたけれど、紗理奈が断固として拒否し、多額の金を渡すことで同居を回避したらしい。祖父はその金で気楽なホテル住まいだったのだ。それに飽きれば友人知人の家に押しかけて、でんと腰を落ち着けてしまうこともあったようだが、今は馴染《なじ》みのホステスの家に転がり込んでいると聞いていた。

「皆迷惑かけられてるんだから、むしろいなくなってホッとするだけだって。ママが自分から警察に行く必要なんて全然ないから」

「おじいちゃんがどんな人でも、ママは人一人を殺したのよ。罪は償わなくちゃ」

「ママがやらなきゃ他の誰かがやってたよ。それってあたしだったかもしれないし。あのジジイ、とにかく気持ち悪くて嫌いだった。汚い手であたしにベタベタ触ってくるし、ママのこといつも困らせるし」

紗理奈の顔が目に見えて青ざめる。それはいっそ恐怖と呼んでいいような表情だった。

「真……嫌な気持ちにさせてたよね。ごめんね。その上、こんなことになっちゃうなんて。やっぱりママは警察に行かなくちゃいけない。悪いことをしたんだから」

「だから、そんなことしなくていいんだって」

テーブルに置いた携帯がバイブする。多分友梨佳からのメッセージだろう。それどころではない真は、気を散らされたくなくて電源を切った。

その瞬間、自分が今までいた場所とは違うところで息をしているような、異世界に飛ばされたかのような錯覚を覚える。実際、数時間前まで塾で友だちと笑っていた自分と、今必死で母を説得している自分とは、まるで別人のようだ。ふと、これって夢なんじゃない？　と思ったりもした。考えてみたら普通では起こりそうもない、ドラマのような話だった。

しかし残念ながら多分これは現実だ。こんな生々しい内容の夢など今まで見たことがないし、乾燥した頬もささくれた指先の痛みも、変に味のしない紅茶も、すべてがリアルすぎる。

真は自分がこれから普通とはかけ離れた世界で生きていくことになるのだ、とふいに生臭い現実味を覚えた。同時に、あんたはずっと普通なんかじゃなかったじゃん、と誰かに言われた気もした。

「おじいちゃん、金のために誰か脅迫までしてたらしいよ。サクラさん言ってたもん。お店でさ、いい金づるがいるんだって豪語してたんだって。だから俺は働かなくたっていいんだ、って。そんな奴、いつ誰に殺されたってふしぎじゃないでしょ。実際サクラさんだって心配してあたしに聞いてきたもん。おじいちゃん、危ないことしてるんじゃない、大丈夫なの、って」

サクラは紗理奈の店に長年勤めているホステスだ。真の祖父はしょっちゅう娘の店に行ってタダ酒を飲んでいた。そのときに嘘か本当かわからない武勇伝や自慢話を声高に喋《しゃべ》っていくのがお決まりだったらしい。

紗理奈は視線を泳がせ、唇を嚙《か》んだ。

「そんな話、お店でしてたのね。ろくなことはしてないだろうと思ってたけど」

「だからさ、いきなりいなくなったって問題ないよ。誰も捜索願出さないだろうし、そういえば最近見ないね、でおしまい。ママは心配しないでいつも通りにしてればいいんだよ」

逡巡《しゅんじゅん》する紗理奈を長々と熱く説得し、ようやく首を縦に振るのを見て、真は安堵《あんど》のため息をついた。あんな祖父のために大切な母を失うなんて冗談じゃない。世の中の法がどうであろうと、これが真にとっては唯一の正しい選択なのだ。

「あたしも手伝うからさ。二人であいつ、なかったことにしよう」


真夜中のドライブは続く。

平日の夜中の高速道路は長距離運転のトラックばかりで、随分と空いていた。紗理奈は速度を緩めることなく車を飛ばしている。さっきまでとは違って行き先のある旅路だ。

「ねえ、どこに埋めるの」

「女だけで埋めるのは大変よ。ママが住んでた場所の近くに崖があるの。そこから海に落としましょう」

「それって見つかっちゃわない？」

「沖へ流れる海流があるところだから、体が上がらないの。隠れた自殺の名所なのよ」

一度こうと決めた紗理奈は潔い。さっきまで警察に行く行かないと押し問答していたのが嘘のようだ。

真はまっすぐに前を見据える母の横顔を眩《まぶ》しげに眺める。紗理奈はふと、何か思い出したように遠い目をした。

「昔にね……おばあちゃんがその崖に立ってたの見つけて、慌てたことがある。ママが東京に出る少し前くらい」

「え、おばあちゃん、自殺なんかしようとしてたの」

あんな男と夫婦なのだから、そりゃ死にたくなる瞬間なんていくらでもあっただろうと思う。

「私もそう思った。でもね、おばあちゃんは強い人だから、本当に自殺なんてしないのよ。弱い自分を、ここに捨てに来たんだ、って言ってたわ」

「あたし、おばあちゃんは大好きだったよ。たくさんあたしのお世話してくれたし、ママを助けてくれたもん」

「そういえば、おばあちゃんを看取《みと》ったのは真だったものね」

祖母が地元で病に倒れたとき、紗理奈は迷わず自分が通える東京の病院に入院させた。いつどうなってもおかしくなかった状態の祖母を、真と母は交代で看病していた。

そして二年前の冬、真の順番のときに、祖母は息を引き取ったのだった。祖父は自分の妻が亡くなるまで一度も見舞いに来なかった。

祖母はいつも夢現《ゆめうつつ》で「紗理奈、すまないね、すまないね」とうわ言で母に謝ってばかりだったけれど、命の灯が消える直前はふと我に返ったような顔をして、真に話しかけてくれた。そのときの話を、真は今も誰にも明かさず、自分の胸の奥に秘めてある。

（おばあちゃんは、幸せだったかな。いつも誰かに奉仕したり謝ったりしてばっかりで、自分が楽しむ時間なんてないように見えた。昔の女の人って皆そんな感じなんだろうか）

紗理奈が真を連れて上京したてのときは、しょっちゅう自分も娘のところへやってきて真の面倒を見たり生活費を置いていったりと、懸命に娘を支えてきたと聞いている。紗理奈が夜の仕事で成功し、やがて自分の店を持つようになった頃、東京に住む部屋を用意して呼び寄せようとしたけれど、祖母は自分の住む場所はここだから、と頑《かたく》なに地元から動かなかった。トラブルメーカーの夫を放置することができなかったのだろうし、土地に愛着もあったのだろう。

娘を助けると同時に、ろくでなしの夫も支えていた祖母。真が大好きな祖母を唯一理解できなかった点はそこだ。

『おじいちゃんもね、昔会社が上手《うま》くいっていたときは立派な人だったんだよ。でもね、一度躓《つまず》くとね、弱い人は立ち直れない。そのまま転げ落ちていっちゃうの。だからね、おじいちゃんは可哀想《かわいそう》な人なんだよ』

祖父を批判する真をそんな風になだめていたけれど、一度だって納得できたためしはなかった。ただ、祖父が弱い人間だというのは知っている。

母、紗理奈は強い。どんな逆境にも負けず必死で生きてきた。昼夜逆転の生活なのに、真の学校行事は欠かさず参加してくれたし、忙しい日常の中でも、一度も当たり散らされたり手を上げられたりしたことはない。

本当に優しい人は、強い人だと思う。真は母が誰かの悪口を言っているのを見たことがないし、子ども時代に散々わがままを言った真にだって、いけないことはいけないと理路整然と諭してくれた。自分の怒りや苛立《いらだ》ちを抑えて相手に接することができるのは、強くなくてはできないことだと思う。

背後から仄《ほの》かに漂う死臭を鬱陶しく思いながら、「ところでさ、何で殺しちゃったの」

と真は何気なく訊ねた。

紗理奈は言葉を探っているのか、はっきりと答えない。

「そうねえ……。どう言えばいいのかわからないんだけど」

「塵《ちり》も積もればってやつ？」

「それもあるわね。あとはまあ……おじいちゃんが、真が私に似てきたって言ったからね。なんかムカムカして」

真は目を丸くして驚き、ゲラゲラ笑った。

「なにそれ！　あたしに似てるって言われるとムカつくの。ひどいんですけど！」

「そのときはそうだったね。なんか変よね」

「変っていうか、あたしがツライわ。似てるなんて今まで散々言われてきたじゃん」

そうよねえ、と紗理奈は苦笑している。

軽口を叩きながらも、真は理解している。

母は祖父から『似てきた』と言われたから逆上したのだ。

今の真と同じ年齢で出産した紗理奈。当時の紗理奈に似てきたと祖父が口にしたことが、なぜ母に殺意まで抱かせたのか。

『あのね、真。あんたのお父さんはね、あんたのおじいちゃんなんだよ』

今でも一言一句はっきりと思い出せる。

最期に伝えなければいけないと思ったのだろうか。秘する罪深さに耐えきれなかったのだろうか。麻酔で意識が曖昧だったはずの祖母が、死の間際、急に深い眠りから覚めたかのように明確な言葉を口にした。

『紗理奈はね、実の父親に襲われたの。ひどい話だよ。私は子どもが産まれる直前になるまで気づかなかった。私さえしっかりしてたら、こんなことにはならなかった。紗理奈には本当に申し訳ないことをしたよ。本当に本当に、謝っても謝りきれない。でもね、紗理奈はあんたを心底愛してるよ。娘であり、妹でもあるあんたをね。同時に、あんたに真実を知られたくないと思ってる。ただ、そのうちに、きっと他の誰かが……おじいちゃんなんかがね、あんたにこのことを言うかもしれない。だから、今私が教えられるうちに教えたんだ。ごめんね、真。このことであんたは苦しむだろう。だけど、どんなときだって、いつでも本当なのは、お母さんの愛情なんだよ』

祖母は語り終えると、目を閉じて大きく深呼吸し、生命活動を終えた。

真は何も言えなかった。祖母の死と、その直前の衝撃的な告白は、束の間《つかま》、真からすべての思考を奪った。

出生の秘密を絶対に娘に知られたくない紗理奈に、真に真実を知らせてやるといって浅ましくも金を無心し続けた祖父。もしかすると、祖母もそうなることを察していたのかもしれない。

けれど、真に真実を知らせればそんな脅迫は意味がなくなる。

真は母に自分が事実を知っていることを伝えなかった。黙って祖父の脅しに従うほどに知られたくないことなのだから、秘密のままにしておいた方がいい。

緒話なのだ。わざわざ明かす必要はない。隠し事をする息苦しさはあるけれど、そんなも
真は母を傷つけたくなかった。自分が父親を知っていることは、亡くなった祖母との内
のは母が味わってきた苦痛の半分にもならない。

だから真は、祖父をどうやって葬ろうかとずっと考えていた。脅迫を止めることができないならば、脅している犯人をどうにかしないといけない。

『ママがやらなきゃ他の誰かがやってたよ。それってあたしだったかもしれないし』

あの言葉は、決して嘘ではなかったのだ。

(実の父親に犯されて産んだ子なんて、憎んでも仕方がない存在なのに、ママは全身全霊であたしを愛してくれた。あたしもママを誰より愛してる。ママで、お姉ちゃんで……この世で誰よりもあたしに近い人。あたしだけのママ)

母のすべてを真は尊敬し、肯定する。母の幸せのためなら、何だってやってやる。

「あ、ねえ、海の匂いしない？」

「あら、窓開けてなくてもわかるの」

「そんな気がする。なんかワクワクしてきた」

「住んでるとこの近くにはないものね。今度はちゃんと旅行で海、行こうね」

背後から死の臭いが囁《ささや》きかけてくる。不幸になるぞ、と。

(気にするもんか。黙って死んでろ)

真は窓を開け、夜風で死臭を追い払った。大型トラックが近くを走っているけれど、今度は紗理奈も文句は言わない。

微かに潮の香りを含んだ風を浴びて、真はどこか生まれ変わったような心地になった。

絶対に幸せに生きてやるのだ。

愛妻家

あなた、大丈夫ですか。随分酔っていらっしゃる。

お連れの方は？　いや、すみません、さっき誰かの名前を呼んでいらっしゃったものだから。

ああ、今日は出かけているんですか。奥様ですね。なるほど、内縁の。それで寂しくてここで酔っている、と。おやまあ、妬《や》けますね。素敵じゃありませんか。一日でも一緒にいられないのが耐えられない？　ああもう、聞いてられやしない。ごちそうさまです。

マスター、おすすめのをください。あまり強くないんで、軽めのやつを。

ふう、お酒は久しぶりです。でもこんな場所に来たら飲まないとね。

え、私ですか。見ない顔だと。ええ、横浜には住んでいませんよ。知人を訪ねてきたんです。このバーはいい雰囲気ですねえ。街もなかなか活気にあふれていて、空襲で焼け野原になっていたなんて思えませんよ。人間って、つくづくすごいなあ。このバーも、返還前はアメリカの兵隊さんでいっぱいだったんじゃないですか。そういう空気がありますよねえ、アメリカさんの。異国情緒っていうんですか。あそこも行ってみたいんですけどね、南京町《なんきんまち》、ええと、今はチャイナタウンでしたっけ。

ここには一人で来たのかと？　ええ、そうです。以前妻はいましたけれど。私もあなたに負けないくらいの愛妻家でしたよ。寝ても覚めても、妻を愛していました。その、別れたといいますかね。妻が、疲れたと言ってね、世を儚《はかな》んで、こう……。いや、すみません、こんなこと言っちゃって。いやだなあ、気を遣わないでくださいよ。私は大丈夫です。もう二年ほど経《た》ちますからね。妻を忘れられず、今も寂しい独り身ですが。

そりゃ、忘れることなんてできませんよ。あんな別れ方をしたのもそうですが、愛していましたから。昨日も夢に見ましたよ。ええ、未《いま》だに妻は私の夢に出てくるんです。最高の女でしたからね。

どんな女だったか、ですか。あなた、そんなことを聞いて、朝まで過ごすお覚悟はおありですか。はは、冗談です。ええ、私にとってはこの世でいちばんの女でしたが、まあ、世間的に言えば悪女でしょう。どんな、って、まあ有り体に言えば、浮気をしたり、嘘《うそ》をついたり、浪費したり、ですかね。

どうしてそんな女がいいのかと？　はは、そう思いますよねえ。まあ、私は少々、女の好みが変わっておりましてね。悪ければ悪いほどいいんです。

私がこうなったきっかけ、ですか。覚えているのは子ども時代のお手伝いさんですね。うちはまあまあ裕福だったので、若い女中さんがいたんです。綺麗《きれい》な女でね。抱き上げてくれたりすると、甘くていい匂いがするんです。

ある日、彼女が母の指輪をひとつつくすねているところを見ちゃいましてね。そしたら、彼女悪びれずに唇に人差し指を立てて、告げ口したら、こうよ、と私の手の甲を軽くつねったんです。いたずらっぽく微笑《ほほえ》みながらね。あのときの甘酸っぱい痛み、痺《しび》れ。そして甘い香り。今思い出してもぽうっとしてしまいます。美しい人の悪事に加担する罪悪感と背徳感、そわそわするような興奮の渦。

彼女はじきに辞めてしまいました。今どこで何をしているのか知りません。母が指輪がなくなっているのに気づいたのは彼女が辞めてからずっと後のことでした。たくさん持っていましたし、私もとうとう何も言わずじまいで、彼女の言いつけを守っていましたから。

それが初恋でした。そんな始まりだったもんですから、善良で貞淑な女じゃ、とてもとても、満足できない。つまらんのです。そんな女が妻だったら、却《かえ》って私の方が妻をいじめてしまうでしょうね。いじらしく私に従う妻なんて、ゾッとしてしまいますよ。じっと私の命令を待っている女など、我慢なりません。

罵られたり、打たれたりするのがいいのかと、ですか。まあ、そういうのもいいですが、鞭《むち》の後の飴《あめ》がなけりゃあ、ちょっと。ええ、そこら辺は普通の男でして。そういう肉体的なものよりもね、私を散々振り回して、苦しめて、無体なことをしながら、てんで悪びれずにあなたが好きよと言って欲しいんです。その言葉が嘘でも本当でもいい。ああなんて悪い女なんだと、そう感じるほどに私は恍惚《こうこつ》としてしまうんです。

妻はね、そういう女でした。それも最も悪く、最も美しい、完璧な悪女でしたね。男の軀《からだ》を平気な顔で踏みつけて歩くような美女だったんです。え、いくら美人でもそんな恐ろしい女はごめんですか。はは、普通の男はそうでしょうね。奥様は大層お優しい方なんでしょうか。おや、貞淑を絵に描いたような慎《つつ》ましい、しかも美しい女性だと。これはまた、あなたも果報者ですねえ。私はそんなできすぎた女性は、却って怖くて近寄れませんよ。美しいのに男に従うだなんて、なんだか変な感じがしませんか。美人はめいっぱいわがままな方が自然に思えます。そう思うのは私だけ？　はは、そいつは、ごもっとも。

出会いですか。私が妻と初めて会ったのは、マニラから復員してすぐのことです。ご存じの通り、東京も空襲がひどかったですから、もうしっちゃかめっちゃかで、私の家なんかもどこがどこやら、わからなくなっていました。幸い千駄木の叔父の家は無事でしたから、そこに身を寄せていました。

私が避難していた叔父の家にね、彼女がいたんですよ。いいえ、親戚じゃありません。見たこともない女だったんで、私も最初はおやっと思いました。事情を聞くと、彼女は空襲で家族すべてを失った上に、更に物盗りにまであって、窮していたところを偶然、私の叔父に助けてもらって、その縁で居候させてもらってたようなんです。

ですが、私はてっきり、叔父の二号さんかと勘違いしていました。実際はそれ以上だったんでしょう。彼女は、叔父の家でまるで女王様のように振る舞って、叔父の奥さんのことも女中みたいに扱っていたんですから。

悪い女ですよね。助けてもらっておいて、その家を乗っ取ってしまうんですから。最初家に来たばかりの頃は大人しくしていたようですが、次第に態度が大きくなってそんな有《あり》様《さま》になってしまったようです。

叔父はもう彼女に骨抜きにされていて、言うことを何でも聞いてしまうんです。妻子の目も気にせずに昼日中から彼女とまるで恋人みたいにくっついているんですから、私も最初に見たときは驚きましたよ。

叔父は以前はそんなことをするような人間ではなかったんです。うちは東京にいくつか土地を持っていて、まあ貧しくはない家柄だったんで、叔父も、私の父もね、十分な教養があって、鷹揚《おうよう》でゆとりのある、良識を備えた人だったんですよ。叔父は貞淑な奥さんを貰《もら》って、可愛《かわい》い娘ができて、絵に描いたような幸せな家庭だったんです。それがまあ、その優しさで救った女にコロリと変えられてしまったんですから、人助けもほどほどにした方がいい、なんて思ってしまいましたね。

しかし、叔父の気持ちもわかるんです。後に私の妻となる彼女は、本当に美しい人でした。西洋人みたい、というんじゃないんですが、キッカリとした華のある顔立ちで、綺麗に痩せたマネキンのような体をしていてね、黙っていると本当に人形のように整っていました。加えて天性の魅力というんですかね、彼女がいるだけでパッとそこだけ明るく見えるような輝きを持った女だったんです。何より、平気で恩人を尻に敷いて、その奥さんを顎でこき使っていながら、全然悪びれずに笑うんですよ。その笑顔がねえ、また人の心を蕩《とろ》かすような、魅力的な表情なんです。目がこう、半月みたいになってね、頬にえくぼができて、普段冷たく整った顔なのに、まるで赤ちゃんみたいな、あどけない顔になるんです。どれだけ悪いことをしたって許してしまえるような、明るい、罪のない顔で笑うんですよ。

もちろん、私はすぐに夢中になりました。悪女には目がない私ですから、出会ってすぐに好きになってしまったんです。それも最初から彼女の方が私を誘惑してくるもんで、私たちはすぐにそういう関係になってしまったんですね。といっても、世話になっている叔父の手前はそんな素ぶりを見せないようにしていたんですが、彼女は平気で私にいたずらを仕掛けてくるんです。

食事のときに隣に座ればテーブルの下で手を繋《つな》いできたり、向かい合って座れば、脚を伸ばしてつま先で私を弄んだり。目の前に叔父がいるのにですよ。大胆すぎるでしょう。私は驚くやら恥ずかしいやらで平静を装うのに必死でね。でもそれがまたひどく刺激的なもんで、ますます深みに嵌《は》まってしまって。

まあ、元々そういう女と叔父もわかっていましたし、そして彼女のそんな無邪気さも可愛くてたまらないようで、甥《おい》と愛人の関係が進んでいくのを見逃してしまっていたんですね。

私が叔父の許《もと》に来てから、家の雰囲気は一層、奇妙な具合になっていました。召使いのようになってしまった奥さんは、もう考えることを放棄したように無表情で日々働いていますし、まだ小さな従妹も妙な空気を察知して、自分の父親を見ると逃げるようになってしまいました。叔父は相変わらず彼女に夢中で、彼女も相変わらず家の女主人です。

私もずっと居候を決め込むわけにはいきません。幸い、生きる術はありました。父の残してくれた紡績工場や方々の土地がありましたので、私がそれを継いでいたんです。

諸々《もろもろ》のことが片づいた後に渋谷に家を買い、叔父の家を出ましてね。さすがに、私は彼女ほど天衣無縫ではありませんでしたから、これ以上義理のある叔父の家で、その愛人と関係を持ち続けるというのはできなかったんです。

　ところがね、彼女、私についてきたんですよ。やすやすと私に乗り換えたというわけです。「あの家、辛気臭くって嫌気が差していたところよ」なんてぬけぬけと言うんですね。そんな風にしたのは自分だっていうのにねえ。

　ええ、もちろん叔父は怒りますよ。妻子を忘れて夢中になっていた女ですからね。うちにまで乗り込んでくるようになりました。「二人して恩を仇《あだ》で返すつもりか」と烈火のごとく憤ったかと思えば、「お前がいなければ生きていけない」と彼女に泣きつくこともありました。

　惚《ほ》れ抜《ぬ》いた愛人に捨てられていよいよ別人のように憔悴《しょうすい》して正気を失いかけていた叔父に、私は身の危険を感じるようになっていました。実際、叔父に「殺してやる」と何度言われたかわかりません。真っ青な顔で刃物を持って、うちの玄関の前で怒りにブルブルと震えていたことだってあります。私が本能的に踵《きびす》を返《かえ》して逃げ出すと、それを鬼の形相で追いかけてきたり。あれは怖かったなあ。戦場より怖かった。

　そんな頃合いで、彼女が私に囁《ささや》いたんですよ。

「あの厄介な男を殺してしまおう」

とね。実際、それしか解決方法はないように思えました。叔父の執念は大変なもので、こちらがやらねばやられるというような緊迫感まで生まれていたんです。もちろん、私が彼女に骨抜きになっていて、彼女を失うくらいなら、と正常な判断をできずに頷《うなず》いてしまったことも否めません。

ええ、そうなんです。私は彼女に従いました。ある日仕事から帰宅したら妻の悲鳴が聞こえましてね、とうとう叔父が彼女を殺そうと家に上がり込んで、彼女の髪の毛を摑《つか》んで引きずり回していたんです。もう片方の手には包丁が握られていました。どう見ても殺す直前ですよ。必死で止めようとしてもみ合いになって、そしたら偶然、叔父の腹を刺しちゃってね。

そのときはまだ息はありました。病院に担ぎ込めば助かったかもしれない。でも、気が動転している私に、彼女が囁いたんです。

「今よ、やって」

帯締めを渡されて、私は魔法にかけられたように、無我夢中で首を締めました。叔父が死んだとわかると、途端に麻痺《まひ》していたすべての感情が込み上げて、私は厠《かわや》に駆け込んで胃の中のものを全部吐きました。彼女は泣きながら嘔吐《おうと》する私の背中を優しく撫《な》でて、「よく頑張ったわ。偉いわね。大したものだわ」と子どもを懐柔するような甘い声で、私を労《いたわ》ってくれました。

「あなたの愛がよくわかったわ。私、幸せよ。これから二人でようやっと何の気兼ねもなく愛し合えるのね。何にも怯《おび》えることなく、明るく楽しく暮らすことができるのね。あなたのおかげよ、愛《いと》しい人。この先もずっと、愛しているわ」

彼女はそんな風にこんこんと私たち二人の将来を語り、喋々喃々《ちょうちょうなんなん》と甘美な愛の言葉を紡いで、嵐のように揺れる私の心を少しずつ鎮めてくれたのでした。

これが私の最初の殺人です。人は呆気《あっけ》なく罪に手を染めてしまうものですね。特に、愛する人のためとあっては。

え、どうしました。はい、殺人ですよ。殺しです。聞き間違いじゃないですよ。おや、顔色が悪いですね。そりゃ、こんな話聞いちゃあね。どうも、すみません。私も誰かに聞いて欲しかったのかもしれません。ずっと秘めていたことですからね。冷たいお水でも召し上がりますか。

落ち着かれましたか。もう話さない方がいいでしょうか。え、続きを聞きたいですか。ふふ、あなたももの好きですね。ここまで聞いちゃ、中途半端に終わるのも嫌ですものね。叔父の体はどうしたのかと？　近くの林に埋めましたよ。当然、奥さんは夫が行方不明になったと警察に届けましたが、叔父はどうやら愛人に贅沢《ぜいたく》をさせたいがために、方々で借財を重ねていたらしいのです。ええ、本来裕福であったはずなんですが、事業で失敗して元々あった財産はほとんどなくなっていたようなんですね。

それで、警察はそのために逃亡したのだろうと考えて、まともに捜してくれなかったらしいんです。涙ながらにそう話す叔父の奥さんに、私も同情した様子でそれなりの援助をしてあげました。罪悪感のためもありましたが、安堵《あんど》した気持ちの方が、まあずっと大きかったですけれどもね。

それにしても、大変なことをしでかしてしまった、と自分でも思いましたよ。ついこの間まで戦地にいはしましたが、敵兵の一人も殺せなかった私です。そんな私が、親戚を一人、この手で葬ってしまうだなんてねぇ。私は決して叔父が嫌いじゃなかったんですよ。その誠実な人柄をむしろ好いていたんです。彼女を最初に助けたのも、叔父の本物の親切心からでしょう。ほら、困っている女を仕事の斡旋《あっせん》だの食糧の提供だのと言葉巧みに誘い出して、何人も犯して殺した事件なんかもありましたでしょう。貧しく弱っている者から、更に追い剝ぎをしたり、命まで奪うような人間があちこちにいた時代です。偶然関わったか弱い女性を放っておけなかったのです。結果的にその女に翻弄され、甥には殺されてしまうんですから、本当に叔父は気の毒な、可哀想《かわいそう》な人でした。

そしてそんな残酷なことを私にさせておきながら、彼女はというと、罪悪感などどこへやら、平気で私の金で豪遊し浮気もしていたんです。私についてきたのも、結局愛情というよりは、私の方がお金を持っていたからというだけのことだったんでしょう。叔父から散々金を搾り取ってしまったので、新しい男に鞍替《くらが》えしたと、そういうことでしかなかったんですね。

まあ、彼女がそうやって生きてきた女なんだろうということは私にも想像がついていました。男に寄生して、栄養分を吸い尽くしたら他へ行く、と。おや、私、今気づきましたよ。もしかすると、叔父も彼女のために誰か殺していたかもしれませんね。自分に夢中になった男に、そういうことを平気でさせる女ですから。

妻の贅沢好きというのは尋常のものではありませんでした。戦後で物のない時期だというのに、彼女はあれが欲しいこれが欲しいと、欲望を覚えたらまるで我慢などしないのです。主に私が金づるでしたが、彼女は浮気して遊んでいる男たちにもしょっちゅう大金を使わせていました。そしてその男がしつこくなってくると、また私に殺させようとするんです。

もちろん、私だって好きで人を殺すわけじゃない。最初は躊躇《ためら》います。けれど、彼女は男を操るのが天才的に上手《うま》いから、結局は言いなりになってしまう。そんな具合で、二人ほどやったでしょうか。

一人は戦災で妻を失った男でした。その寂しさに彼女はつけ込み、男はあっという間に夢中になってしまって言いなりになり、結婚しようと高価な金剛石の指輪を彼女に贈りました。それは亡くなった奥さんの形見だったようなんですが、彼女はデザインが古いといってすぐに売り払ってしまったんです。

しばらくして、どうやら結婚してくれる気がないらしいとようやく悟った男は、妻に指輪を返すよう頼みました。しかし、売り払ってしまったものは当然返せません。しつこくなってきた男を妻は自宅に連れてきて、そしてお酒をたらふく飲ませて眠らせました。後は、私に始末を頼んだというわけです。

もう一人は戦後に上手いことをやって儲《もう》けたにわか成金《なりきん》でした。女遊びに慣れていて、妻も散々甘い汁を吸わせてもらったようです。ところがこの男もいつの間にか妻の魔性の魅力に取《と》り憑《つ》かれてしまって、自分だけのものにしようと彼女を自宅に監禁しようとしたんです。これはもう無理だと妻は見切りをつけ、一度は男に従うふりをして、最後に開放的な場所で愛し合いたいと、バーで酔わせた後に私の叔父の埋まっている林に誘い出したわけです。後は、はい、例のごとく私の登場でして。

まあ、私血が怖いもんで、切ったり刺したりっていうのはできなくて。全部、後ろから首を、紐《ひも》でキュッとね。顔は見ません、怖いですもん。袋を被《かぶ》せちゃって、皆叔父と同じ林に埋めちゃいました。そこ、私の土地なものでね。掘り返される心配もありませんから。

彼女は私にそんなことをさせても、懲りずに遊び続けるんです。さすがにそれを咎《とが》めたときもありました。けれど、彼女はケラケラと無邪気に笑って、「あんな奴《やつ》ら、お遊びよ。好きなのはあなただけ」なんて言うんですよ。その笑顔がまた綺麗で、コケットリィで、魅力的なんです。こんな女もう一緒にいられない、別れてやる、とそう思っても、彼女が目の前で綺麗に笑えば、もう全部忘れてしまうんですよね。

いやはや、駄目な男でしょう。私もそう思います。でも、そういう自分自身が、きっと私は好きなんですよ。悪い女にいいように使われている自分に、恍惚とするんですね。綺麗で奔放な性悪女に人殺しまでさせられて、邪険にされて、それでも惚れた女のために尽くしている、馬鹿になっている自分が、大好きなんでしょうね。そう、突き詰めれば自己愛ってやつです。人間、みんなそんなもんでしょう。

私と妻が結婚したのは、叔父の家を出て半年ほど経った頃だったでしょうか。

私は幸せの絶頂にありました。好きでたまらない女と結婚できたのです。これほどの幸福はないでしょう。

しかしそれは私だけの話で、妻はすでに私に飽きていたようでした。男遊びも激しくなり、商売女のように派手な化粧をして着飾って出ていったきり、家に帰らない日が何日も続くなんてことだってよくありました。私が耐えかねてそんな妻を叱りつけますと、彼女は大いに怒るわけです。「あなた結婚するとき私になんて言ったの。何でもする、きっと幸せにしてみせるから結婚しよう、とそう言ったんじゃないの。私を家に閉じ込めて、そんなことが私の幸せだと思うの」とね。まあそもそも貞淑で耐え忍ぶ妻なんてものとは真逆な妻ですから、遊びたいと思ったら少しも我慢などできないわけです。そんな彼女に、外で遊んでくれるなと言えないことはわかっていましたけれど、それでも何日もずっと帰ってこないなんて度が過ぎているじゃないですか。しかし、これ以上反論したりすれば妻が永遠に帰ってこなくなるような気がして、結局私の怒りも中途半端なところで終わってしまうんです。わかったわかった、だがせめて何日もいなくなるのはよしてくれ、どこかへ旅行に行く予定があるならば、事前にきちんと伝えてくれ、と私が切々と頼み込む形で終わるわけです。ええ、そう、結局私は妻の言いなりで、彼女の好きにさせるしかなかったんです。え、そんな状況も嬉《うれ》しいんだろうと？　はは、もうわかっていらっしゃる。ええまあ、その通りなんですがね。

そして、あるとき妻は厄介なやくざ者につきまとわれるようになりました。いつものように誘惑して金を使わせて捨てたらしいんですが、その男はそれで終わらなかったんですね。妻は私に泣きついてきましたが、さすがにその筋の男は私には殺せません。返り討ちにあってしまうかもしれませんし、妻自身を危険に晒《さら》すことになりかねない。その男は、今度あの女を見つけたらなぶり殺しにしてやる、とバーで息巻いていたそうなんです。そうしたら、あちこちから、俺もあの女に騙《だま》された、金を取られたと、男たちが集まってきて、みんなで彼女を痛めつけようという方向になっていったようなんです。

窮した妻は、もうだめ、私死ぬわ、と私に泣き言を言ったんです。弱気な妻を見たのは初めてだったので、私は大層驚きました。死んだらいけない、と必死で説得しましたけれど、妻の意思は変わらない。思えば、妻は自分がこう言えば私がどう反応するかまでわかっていたんでしょう。彼女の目論見《もくろみ》通り、私は「一人じゃ死なせない、一緒に死のう」と心中を持ちかけました。私も悪いことをしたんだし、ここまできたら一蓮托生《いちれんたくしょう》だ、絶対に離れない、あの世でも一緒だ、と。

心中をすると決めたその晩、私たちは日本橋の料亭で豪華な食事をしました。卓子《テーブル》いっぱいに贅沢な料理を何皿も並べ、うまい酒をたらふく飲んで、大いに笑ってはしゃぎ、家に帰って熱烈に愛し合いました。

そしてその最中、美酒に濁った頭で私は考えました。これだけの悪女です。本当に疲れてしまったのかもしれないが、私の思う通りの悪い女ならば、私などと死ぬはずがない。今までの悪事のすべてを私になすりつけて死なせ、自分だけはうまうまと生き延びるつもりに違いありません。私が死ねば遺産や生命保険が転がり込むんですから、彼女はずっと私を殺したくてたまらなかったはずなのです。そして、丁度よくやくざ者に脅されるという絶好の機会が訪れたというわけです。まあ、後でわかったところでは、その脅された云々《うんぬん》も、私を心中に誘い込む嘘だったようなんですが。

だから、私は試しました。妻が用意した二つの毒瓶を、密《ひそ》かにすり替えた。私だけを殺す気ならば、自分の方の瓶には毒は入っていないはず。私の方の瓶にだけ毒を仕込んであるはずなのです。

結果はご覧の通り、私は生きています。やはり妻は自分だけが生き延びようとしたんです。ああ、なんて悪い女でしょう。私は歓喜に打ち震えました。

けれど妻の死に顔を見た瞬間、気がついてしまったんです。妻が毒を飲んだあの瞬間、悪い女に殺されるという最高の権利を、私は手放してしまったということを。利用されるだけ利用されて殺される。私が死んだ後、妻はきっと私のことを思い出しもしないんです。私の金を好きに使って、豪遊して人生を謳歌《おうか》しながら、自分が殺した男のことなど綺麗さっぱり忘れてしまっている。ああ、最高じゃありませんか。そんな美しい展開になるはずだった物語を、私は自ら崩してしまったんです。

だけど、仕方ないじゃありませんか。私が生きていなきゃ、妻が素晴らしい悪女であったことを見届けられない。夫を殺して自分だけが生きようとしたという事実を確かめられない。今でも後悔しています。妻が最高の悪女であると確認することの喜びか、それとも悪女に殺される喜びか。どちらも一度に手に入れる方法はなかったものか、とね。

もう駄目だとわかって、絶望しました。泣き喚《わめ》きながらも、妻の体をどうしようかと悩みました。彼女の美しい体が腐っていくのも燃えて灰になるのも見たくはありません。そこで、折しも大雨で水かさが増していた山奥の川に流したんです。水葬というんですかね。その辺に繋いであった小舟に載せて、土砂降りの雨に打たれながら、私は泣いて妻を見送りました。そのうちに海に流れて、小舟は波に呑《の》まれ、妻は美しい人魚になる。そんな妄想をしていました。

ねえ、最愛の妻を失うことほど、悲しいことはありませんね、あなた。

おや、疲れ切っておられますね。大変な話を聞いてしまったと？　そうですか、そうですか。いや、私も誰かに話すのは初めてのことですよ。この気怠《けだる》げなバーの雰囲気も、どこかノスタルジックで、閉じ込めてきた大切な思い出話をするのには、うってつけじゃないですか。

ところで、あなたの内縁の奥様は、この写真の女ではありませんか。

いきなりですみません。はは、言葉を失っていらっしゃる。ええ、これは私の妻の写真です。私が失った妻と、あなたの内縁の奥様が同じ顔をしているだなんて、そりゃびっくりされますよね。

けれどね、こう考えるとしっくりくるんです。妻は毒を飲んで確かに死んだと思われたんですが、その後息を吹き返した。

私は毒やら薬やらはまるで門外漢なんですが、妻は万が一のときのために、事前に解毒剤なんかを飲んでいたのに違いありません。

何といっても彼女は素晴らしい悪女ですから、誰も信用しませんし、自分が助かるためにあらゆる可能性を考えていたはずです。そして、妻は生き延びたんです。

それを知ったのは本当に偶然でしたよ。妻を失って生ける屍《しかばね》のような生活をしていた私に、社員の一人が横浜の方で妻に似た人を見た、と教えてくれたんです。周りは私が妻に逃げられて一人になったと思っていたようで、すっかり意気消沈していた私を、どうにか元気づけようと、その情報を伝えてくれたんですね。

それからは寝食も忘れて必死で妻を捜しました。社員が妻に似た人を見たという場所で三日も四日も見張ってみたり、その周辺を歩き回って聞き込みをしたり。そして、ようやくあなたの内縁の奥様に辿《たど》り着《つ》いたというわけなんです。

ええ、もちろん以前と今の名前は違いますよ。まあこんなごちゃごちゃした時代ですから、他人になりすますくらいはわけないでしょう。内地に帰ってきてみたら、自分の家にまるっと違う家族が住んでいたなんてこともあるくらいですからね。性格が違う？　いやいや、貞淑というのもあなたの前でそう演じているだけのことです。私が確認した妻は、あなたの出張中に夜の街で男と一緒にいましたから。いつもとは別人のような濃い化粧をしてね。

驚きましたか。そうでしょうとも、そうでしょうとも。私を殺して金を得ることに失敗したんで、次は資産家のあなたと結婚し、保険金をかけて殺すつもりだったんだと思いますよ。

え、今までのはすべて作り話ではないかと？　まあ、信じられないような話ではありますよね。しかし、この写真はどうです。私が一緒に写っているのもありますよ。彼女は確かに私の妻です。え、妻の浮気を知って殺そうとして、逃げられたのではないかと？　だから彼女は私が追ってくるのを恐れて、違う土地に逃げ、名前を変えていたのだと？

ああ。あなたは私の妻への愛をまだ理解できていないんですね。私は妻が悪女であればあるほど、愛を深めていったんです。私を騙し、弄び、いいように使った挙げ句殺そうとしたなんて、悪女の鑑《かがみ》のような女じゃありませんか。そんな女を、私が自らの意志で殺そうとするはずがありませんよ。彼女には生きていて欲しいんです。

私の望みは今やただひとつ、今度こそ妻に殺されることなんですよ。ですから、現在妻と一緒に暮らしているあなたの存在が少々邪魔でして。

おや、眠くなってきましたか。口が回らない？　随分酔っ払っていましたものねえ。大丈夫、私が送り届けてあげますよ。あなたの安らげる場所に。

それでは、おやすみなさい。

楽しい話をしてあげる

嘘《うそ》みたいに寒い朝。

冷たい水に凍えながら顔を洗い、パジャマから私服に着替えて暖かい居間に行くと、テーブルの上に朝食が用意されている。

目玉焼きとベーコンとサラダ、それにトースト。コップに入った牛乳。いつも同じ内容で飽きてしまったけれど、父親は料理が得意ではないので仕方がない、とミユは諦める。

席についてトーストをかじりながらつけっ放しだったテレビに目をやると、すでにお馴《な》染《じ》みになったニュースが流れていた。

「また小学生の女の子が殺されたんだ」

無意識のうちに呟《つぶや》く。すると、コーヒーを飲んでいた父親がハッとした顔でテレビを消した。ミユは目を丸くして抗議する。

「えー、何でよ、見てたのに」

「こんなもの、見たって仕方がない。気にするのはやめなさい」

「でも今皆この話ばっかりだよ。次はどこの学校の子かなって予想までしたりしてさ」

「なんだ、教室でそんな話をしてるのか。不謹慎だな」

父親は眼鏡の奥の目を呆《あき》れと嫌悪に歪《ゆが》める。

ミユは知っている。父は『ケッペキショウ』なのだ。自分の常識から少しでも外れるとすぐに文句を言う。もっと大雑把でいいのに、といつも思う。

「ミユ、とにかくいつも誰かと一緒にいるんだ。学校ではお友だちと、家に帰ったらお父さんが帰ってくるまでおばあちゃんたちと一緒にいること。絶対に一人で家から出るんじゃないぞ」

敷地内にはミユの祖父母の家がある。父親は仕事で夜遅くまで帰ってこられないので、ミユは学校から帰った後はそちらに行って夕飯を食べている。祖父母と過ごしている間もミユは繰り返し同じことを聞かされる。何度も耳にしているうちに飽きてしまった。

「返事は」

「はーい」

「はいはい」

「間延びした言い方をするな。『はい』だろう」

「繰り返すのもだめだ。ずっと言っているのに直らない」

もう小学校四年生なのに、と父親はブツブツと文句を言っている。よくも毎日朝から延々とお小言を垂れていられるものだと思う。ミユは父親の寝ぼけた顔なんか一度も見たことがなかった。毎朝ミユが起きて二階の部屋から降りてくる頃には、父親はビシッとスーツに着替えて髪を後ろに撫《な》でつけ、ヒゲのないつるつるした顔で椅子に座っているのだ。もしかしたらこの人はロボットなんじゃないかと思ってしまう。

口うるさいけれど心配してくれているのはわかっているつもりだ。小学生女子の連続殺人が起きているのはミユが住んでいるこの地域で、大人たちは皆ピリピリしている。一人目が殺されてすぐに登下校には親たちが付き添うようになった。ミユのように夕方仕事で親がいない場合は、必ず親がいる他の友だちと一緒に帰る決まりになっていた。ミユは祖父母に迎えに来てもらうこともできるのだが、どちらも脚や腰が悪くて長い距離を歩けない。万が一殺人犯が現れてもまったく頼りにならないので付き添いの意味がなかった。

「まったく、こんなになるまで警察は一体何をしているんだ。半年も犯人が捕まらないなんて、日本の国力も落ちたもんだな」

父親は不満げに国に文句を言い始める。半年間で女の子が六人殺された。ただ、今月一人殺されたから来月まで安心、というわけではない。二週間で立て続けに二人殺されたこともある。まとめて見れば一ヵ月に一人の計算になるだけだ。

ミユの学校ではまだ被害者はいないが、すぐ近くの学校の子が犠牲になった。被害者と知り合いだった子もいる。そうすると、その子はしばらく輪の中心になるのだ。皆が話を聞きたがるので、得意げになって話す。殺された子を少しでも知っていれば本当は友だちでもないのに『友だちだった』と言ってみたり、殺人犯を見たかもしれないと興奮気味に話す子もいる。次は自分たちが犠牲者になるかもしれないのに、まるで台風が来るのをワクワクして待っているような感じだった。

「殺されてる子たちには特徴があるんだって。背が小さくて、目が大きくて、髪を二つに縛ってるんだって」

友だちのカナにこっそりとそう囁《ささや》くと、カナは大きな丸い目を見開いて泣きそうな顔になる。

「やめてよ、それって私みたいじゃん」

「大丈夫だよ、髪をひとつに縛ればいいんだもん」

「あっ、そうだよね」

怯《おび》えるカナを慰めてやりながら、ミユは更に声を低くする。

「それでね、殺人鬼はこうやって話しかけてくるんだって。『君、この辺の子?』って。道を聞くふりをして攫《さら》って殺すんだって」

「嘘、嘘。どうしてそんなことわかるのよ」

「男に話しかけられたけど、怪しいと思って逃げた子がいたんだよ。そしたらね、すぐ近くで別の子が殺されたの。自分に格好がよく似てたってその子は言ってた。だから、きっと代わりに殺されちゃったんだよ」

「えーっ。すごい、その子めっちゃラッキーだったんだね」

「そうよ、殺人鬼に会って生きてるなんて、そんなの普通ないもん」

「それでそれで？　男はどういう顔だったの？　身長は？　若い人？　それともおじさん？」

興奮するカナにミユはため息をつき、肩を竦《すく》めてみせる。

「それがね、西日を背中にしてたから、顔がよく見えなかったんだって。その人はかがんでたし、あたしたちって大人の人は見上げるから大きく見えるじゃない。それで、身長もよくわからなかったって」

「えー、そんなぁ」

カナはがっかりして項垂《うなだ》れる。

「それじゃ、警察の人たちも全然犯人探せないね」

「そうそう。殺人犯、きっとそういうのも計算してるんだよ」

「女の子に逃げられちゃうかもしれないって？」

「うん。だからあたしたちも気をつけなきゃ。相手は大人の男だもん。捕まっちゃったらもうおしまいだよ」

ミユの諭すような言葉に、カナは神妙な顔をして頷《うなず》いている。

全部デタラメだった。ミユの作り話だ。

カナは頭があまりよくない。とても素直で、何でもすぐに信じてしまう。ミユの言うことも「嘘でしょ」と言いながらも結局いつも鵜呑《うの》みにしてしまうのだ。後で冗談だよと言ってみても、「そうなの？　なあんだ、つまんない」とむしろがっかりしている。カナはミユの話が本当かどうかよりも、どれだけ面白いかということの方が大事みたいだった。騙《だま》されてばかりのカナはクラスの皆に軽んじられていた。ミユもカナは馬鹿だと思っている。けれどそんなことはどうでもよくなるほど、カナは可愛《かわい》かった。

小さな白い顔に睫毛《まつげ》の長い大きな丸い目、つまんだような鼻に形のいい赤い唇。昔よく遊んだお人形にとてもよく似た顔をしている。そういえばあの子はどこへやったんだっけ、とカナを見る度ミユは人形に思いを馳《は》せるのだ。

一方ミユは周りに可愛いともてはやされるような容姿ではなく、テストの点数もよくはなかった。けれど、息をするように嘘をついてお話を作るのが大得意だった。

殺人鬼の話で盛り上がっているように、子どもたちは皆怖い話が大好きだ。誰もが知っているこの学校の七ふしぎのうちのひとつも、実はミユが作ったものだった。

誰もいないはずの音楽室で鳴るピアノ、動く人体標本など、ありがちなものに加えてミユが考え出したのは、この小学校の建っている場所が昔沼地だったことから、そこで死んだ女の子の幽霊が現れるというものだった。

西校舎の三階の踊り場にある大鏡を夜に一人きりで覗《のぞ》いていると、その女の子が浮かび上がり、鏡の向こう側に引きずり込まれてしまうというものだ。女の子が現れた後、鏡は泥を塗りたくったような状態になっているらしい、と容易に偽装できそうな設定もつけ加えた。

いかにも本物らしくするために、『昔ここを卒業した人に聞いたんだけど……』と話し始めると、その刺激的な怪談は瞬く間に広がった。それからは皆が勝手にそれぞれで話を作り上げてくれる。実際に女の子の幽霊を見た、鏡が泥で汚れている、引っ張り込まれかけた。そう吹聴して盛り上がる。楽しければ嘘か本当かなんてどうでもいい。そしていつしかそれが昔から伝わる七ふしぎとして定着してしまったのだ。

カナに似た特徴の子たちが殺されているという作り話も同じだ。被害者の女の子たちが実際カナの顔をしていなくたっていい。本物らしく語ってそれが面白ければ子どもたちは信じるのだ。

ミユは実際、ちょっと想像する。もしもカナが本当に殺されてしまったら、どうなるんだろう。

（きっと皆は私のところに来る。『いちばん仲がよかったよね、何か聞いてる？　悲しいでしょ、大丈夫？』私はたくさん泣いて、皆に慰められる。いつもはそっけないお父さんも甘やかしてくれるし、きっと仕事を休んでずっと一緒にいてくれる）

瞬く間に様々な想像がミユの頭の中にあふれ出す。自分は親友を失った悲劇のヒロインになるのだ。カナのことは好きだけれど、そんな想像をしてうっとりしてしまうのがミユだった。

いや、もしかすると自分はカナのことを好きなんかじゃなくて、むしろ嫌っているのかもしれない、とミユは考える。

小学校に入ってからずっと仲よしで、家族ぐるみの付き合いのカナ。あの『ケッペキショウ』の父親だってカナちゃんは素直で可愛いとよく褒めている。

大人は皆、何でも信じる無垢《むく》な子どもが好きだ。嘘つきな子どもは嫌い。自分たちだって子どもの頃嘘をついたことがあるくせに、それを忘れて子どもは天使だと思っている。

ミユの父親など、テレビに出てくる演技の上手《うま》い子役や大人顔負けの受け答えをする子も『子どもらしくない』と言って顔をしかめている。子どもらしいって、一体何なのか。

勉強が得意だったり運動が得意だったりするのと同じように、相手の気持ちを察するのが得意な子だっている。逆手に取ってわざと『大人の理想の子ども』を演じる子もいるくらい。

でも、カナは本当の馬鹿だ。ミユの作り話をすぐに信じてしまう単純な子。

馬鹿なカナは可愛い。すぐに怖がって驚いて、感情豊かに見えて何も入っていない空っぽな頭。だからミユの思い通りの反応をしてくれる。可愛い可愛いお人形。そうじゃなきゃ、あんな子いらない。

翌日、教室にカナの姿がなかった。

朝のＨＲが始まろうとしても現れないので、風邪でもひいたのかな、とミユが特に気にせずにいると、教壇に立った担任のレイコ先生が強張《こわば》った表情で口を開いた。

「皆、落ち着いて聞いてね。今日は悲しいお知らせがあります。吉田《よしだ》カナさんが亡くなりました」

一瞬教室がしん、と静まり返って、すぐにザワザワと騒がしくなった。

「え、カナちゃん、嘘」

「どういうこと？　まさか、あの連続殺人鬼？　今朝のニュースじゃ何も言ってなかったよね」

「これから報道されるんじゃないの。だってこんないきなり死んじゃうなんて、他にないじゃん」

皆のお喋《しゃべ》りが止まらなくなる。泣き始めた子もいる。先生は慌てて皆を静かにさせようとするけれど、どうにもならない。

（そんな、まさか。嘘だ。冗談のつもりだったのに。いつもの作り話をしただけで、どうして。犯人は本当にカナみたいな子を狙ってたの？ あたし偶然、本当のことを言っちゃったの？）

呆然《ぼうぜん》としているうちに先生はいなくなっていて、クラスメイトたちがミユの机の周りに集まっている。

「ミユちゃん、大丈夫？」

「石塚《いしづか》さん、吉田さんと仲よかったよね？ 吉田さん、何か言ってた？」

いつも全然ミユと話さない子たちまで寄ってきて、皆盛んにミユを慰めようとする。まるで、ミユの周りにいなければいけないと思い込んでいるみたいに離れない。競うように、口々に優しい言葉をかけてくる。

誰かがすすり泣いている。皆釣られて涙目になる。ミユも慰められているうちに涙が出てきて、女子は皆声を上げてわんわんと泣き出した。

今、教室の輪の中心にいるのはミユだ。皆がミユと話したがって、悲しい気持ちを共有しようとしている。こんなにクラスの中で目立ったことなんかない。その状況にミユはカナのことも忘れて、束《つか》の間《ま》心の中で有頂天になった。

その日家に帰ると、カナのことがニュースになっている。やはり、あの連続殺人鬼の犯行と見られているらしい。

「カナちゃんじゃないか！」

たまたま早く帰ってきて一緒にテレビを見ていた父親が悲鳴を上げた。

「本当にあのカナちゃんなのか。吉田さんちの」

「うん、そうだよ。朝先生に説明された」

「こんなことが……お前のいちばん仲のいい友だちだったじゃないか」

信じられないという顔で呟く父親。

「昨日はいつも通り一緒に帰ったんじゃないのか。いつこんなことに」

「一緒に帰ったよ。カナのママと一緒に。でも、カナお習字の習い事には一人で行ってたの。だって、教室は家から歩いて三分くらいのところだから」

「そこを狙われたんだ。きっと、犯人はカナちゃんをずっと見張っていたのかもしれない。そうじゃないと、そんな短い時間で攫うなんてこと、できるはずがない……」

父親は考えに没頭するように、ブツブツ言いながら下を向いてしまった。そしてしばらくすると、「お前じゃなくてよかった」と言って泣きそうな顔でミユを強く抱き締めた。ミユは恍惚《こうこつ》として父親の体温を感じていた。仕事ばかりして滅多に触れ合えない父親が、ミユにずっとそっけなくしていた父親が、こんなにしがみつくようにして自分を抱き締めてくれている。信じられないほど、嬉《うれ》しかった。

その夜は久しぶりに父親と一緒のベッドで寝た。まるで一人にしたら殺人犯に奪われてしまうとでも思っているかのように、父親はミユから離れなかった。父親の匂いのするベッドで横になりながら、ミユの胸は幸福ではちきれそうになっていた。いちばんの友だちを失ったというのに、ミユは紛れもなく幸せだったのだ。


「どうして笑ってるの?」

カナが訊《たず》ねた。

ミユはハッとして瞬きする。

カナはふしぎそうな顔で向かいの席に座ってミユを見つめている。

(あ、またやっちゃった。本当、悪いクセ)

ミユは想像に入り込んで現実を忘れてしまうことがよくあった。一度空想を始めると夢中になってしまうのだ。

ミユは照れ笑いをして誤魔化してみる。

「ごめんごめん、ぼーっとしてて。今何話してたっけ」

「犯人が私みたいな子を選んで殺してるってところだよ」

「ああ、そうだった。それでね、犯人はこうやって話しかけてくるんだって。『君、この辺の子？』」

想像の中ですでに言った台詞《せりふ》を繰り返しながら、ミユは怖がるカナをからかって楽しんだ。

（そうだ、これ、お父さんにも言ってみよう。そしたら、もっとあたしのこと心配してくれるかもしれない）

もちろん、犯人が狙っているのはカナのような女の子ではなく、ミユのような女の子という設定に変える。

父親は毎朝うるさくミユを注意しても、全然家には帰ってきてくれないし、本当にミユを心配しているわけじゃないのかもしれない。でも、もし犯人がミユのような特徴を持った子を狙っていると知ったら、きっと仕事を早く切り上げてくれるようになるだろう。そして、温かい夕飯を一緒に食べて、たくさんお喋りをするのだ。その光景を想像するだけで胸が弾んだ。

ミユはこのアイディアに夢中になり、翌朝、いつも通りの朝食を並べたテーブルの前で座っている父親に、早速試してみる。

「ねえねえ、お父さん、知ってる？　あのね、あの連続殺人の犯人って、ある特徴がある子を選んでるんだって」

「そんな話、やめなさい。それより早くご飯を食べよう」

「だって怖いじゃん。その特徴、私にそっくりなんだもん」

父親は驚くかと思いきや、いつもの呆れ顔でミユを見やる。

「またお前は、そういう作り話して。前から言ってるだろ、嘘はついちゃだめだって」

「嘘じゃないもん。友だちから聞いたんだもん」

ムキになって言い募るミユを、疲れたように手を振って遮る。

「ああ、もういい、もういい。お前は本当に母親そっくりだな。お母さんも嘘ばっかりだった。いや、女って生き物が嘘をつくのか」

父親はまたブツブツと一人で文句を呟き始める。今日は国ではなく女に対して愚痴を言っているらしい。ミユはがっかりして、仕方なく朝食を食べ始めた。今日こそ少しは信じてくれるかと思ったのに、どうして父親はいつもまるでミユの言うことを聞いてくれないんだろう。

最近ではミユがどんなに巧妙な嘘をついても、信じてくれなくなっていた。きっと本当のことを言ったって、嘘だと思われてしまうのだろう。そう考えると、何を話したらいいのか、わからなくなってしまった。


学校へ行くと、カナの姿が見当たらない。

いつもミユよりも早く登校しているので、あれ、と思った。

自分の席に座って本を読んで待っていたけれど、とうとうカナはやってこずに、朝のHRが始まった。

(あれ？　あれ……？　何か、これ見たことある気がする。まさか、まさかだよね？　きっと普通の風邪とかなんだよね？)

まるでミユの想像をなぞるような展開。このままいくと、レイコ先生がカナについてある衝撃的な事実を告げることになる。

固い表情で教室に入ってきた先生。まさか、あり得ないよね、と頭の中で繰り返すミユの前で、レイコ先生は物憂げに口を開いた。

「皆、落ち着いて聞いてね。今日は悲しいお知らせがあります。吉田カナさんが亡くなりました」

愕然《がくぜん》とした。

(え？　何これ、どういうこと)

今度は想像なんかじゃない。ミユが頭の中で考えて楽しんでいた妄想が、現実になっている。そして昨日思い描いていた図そのものの展開は続いていく。皆がミユの周りに集まって、涙ながらにミユを慰める。

「ミユちゃん、大丈夫？」

「石塚さん、吉田さんと仲よかったよね？　吉田さん、何か言ってた？」

悲しいよね、悲しいでしょ。泣くよね、泣きたいんだよね。そんな皆の声に押し流されるように、ミユは泣いた。これも、想像と同じだ。

(これって現実？　夢じゃないの？　どうしよう、言ったことが本当になっちゃった。想像なんかじゃなくて、本当の本当)

ただカナをびっくりさせたくて、面白おかしくお喋りしたかっただけなのに、ミユが考えたことが現実になってしまったのだ。『ただの嘘が真実になってしまう』という想像が、本当に起きてしまった。

ただの偶然かもしれない。適当な嘘が当たってしまっただけなのかもしれない。

（でももしかしたら、あたしがついた嘘が本当になっちゃう、っていう力を持ってしまったのかも。漫画みたいだけど、実際漫画みたいなことが起きてるんだから、そういう可能性だってある）

そんな展開はいくらだって見てきた。ミユは小説も漫画もよく読む。軽い気持ちで言ったことが本当になってしまうなんてありふれたストーリーだ。

そして、ふとあることに気づき、ミユはハッとした。

（まさか、昨夜お父さんについた嘘も？　犯人があたしみたいな子を選ぶっていう嘘、あれももし本当になっちゃったら……）

カナが亡くなった想像で悲劇のヒロインになり恍惚としていたミユだったが、それが現実になってしまったとなると、うっとりしているどころではない。昨夜ミユは父親の気を引きたくて、犯人が自分のような女の子を狙っているという作り話をしてしまったのだ。

急に、ゾッと背筋を寒気が駆け抜ける。教室に皆といるのに、まるで自分だけが犯人に見つめられているような錯覚に襲われる。

（あたしがついた嘘が本当になるんだったら、次に犯人が狙うのは、あたしだ）

ミユはその夜、父親が帰ってくるまで寝ないで待っていた。怖くて眠れなかった。寝室で目を閉じた瞬間に部屋に潜んでいた犯人が襲ってくるんじゃないか。家の鍵は全部かけたはずなのに、どこかが開いていて、そこから犯人が忍び込んでくるんじゃないか。

想像力が逞《たくま》しいだけに、一度その恐怖に嵌《は》まってしまうと、抜け出すことができない。

家中の電気をつけて、いちばん広い居間のソファで毛布に包《くる》まって震えている。

残業で疲れ切った父親が家の鍵を開けた音が聞こえた。ミユはうさぎのように飛び上がって、玄関まで駆けていく。

「お父さん！　お父さん、どうしよう」

「何だ、ミユ。まだ起きてたのか」

呆れ顔の父親にしがみつき、ミユは必死で訴えた。

「ねえ、聞いてよ。カナが死んじゃった。殺されちゃったんだよ、殺人鬼に。もしかしたら、次は……」

「またそんな作り話して……。疲れてるんだ、やめなさい。さあ、もう遅いんだからさっさとベッドに」

「作り話じゃないもん！」

ミユは目にいっぱい涙を溜《た》めて叫んだ。

「本当だもん！　先生が今朝カナが死んじゃったって言ったんだよ！　あたしが犯人がカ

ナみたいな子狙ってるなんて嘘ついたから、だから……」

「やめなさいって言ってるだろ！」

父親は怒気を孕《はら》んだ声で吐き捨てた。

「大体、カナって誰なんだよ！」


世界が、破られたような音がした。

（あ……、そっか。そうだったんだっけ……）

ミユは気がついた。

カナそのものが、ミユの想像だったのだと。

嘘つきのミユに友だちはいない。一人ぼっちの教室で作り出した友だち『カナ』。小さい頃遊んでいた人形と同じ顔をした女の子。ミユの言うことを何でも信じて、思い通りになる可愛い友だち。

（ああ、そうだ。そうだった。カナは最初からいないんだ。ああ……また作り直さないと）

気づいてしまったら、もう戻れない。ミユは自分で作った友だちを失ってしまった。

女の子がたくさん殺されているニュースも、恐らくミユの想像だ。最近、自分の嘘なのか現実なのかがよくわからなくなってきている。もしかすると、全部夢なのかもしれない。全部って、どこからどこまでのことなのかわからないけれど。

呆然と突っ立っているミユを見下ろし、父親は深くため息をついて、「怒鳴ってごめん」と呟くように謝る。

「お前、いつからそんな風になっちゃったんだろうな。もっと小さい頃は素直で正直な子だったのに」

そうかもしれない、と思う。だって、想像の世界に逃げる理由なんかなかったから。友だちもいたし、母親もいた。父親は相変わらず仕事ばかりだったけれど、昔はもっとミユとたくさん会話してくれた。

「やっぱり、お母さんが出ていってからか。あの頃から、変な嘘ばかりつくようになったよな。あんな女でも、母親は必要だったってことか。家事もろくにしない女だったのに。しかも夫と子どもを捨てて男と出ていくような奴《やつ》だ。ひどいもんだよ」

子どもを捨てた？　男と出ていった？

父親は、一体何の話をしているんだろう。

頭の片隅で、五年前のあの日の光景が再生される。映像は少し掠《かす》れている。そう昔のことでもないのに、まるで古い映画のように画質が荒い。

『お母さん、どこ行くの？』

昼ご飯にと与えられたジャムパンを食べて居間のソファでうとうとしていたミユは、微《かす》かな物音で目が覚めた。欠伸《あくび》をしながら玄関に行くと、母親は疲れ切った顔でどこかへ出かける準備をしている。ミユの声に振り向きもせず、ため息をつくだけだ。

『別にどこでもいいでしょ。あんたに関係ないから』

『お母さん、ミユも連れていってよ』

一人になるのは嫌だった。いつだって母親と一緒にいたい。最近気がつくと母親が家にいなくなっていることが多くて、ミユは寂しい思いをしていた。二人でいても、スマホばかりいじってミユの顔を見てくれないことがほとんどだった。

母親はチラリと横目でミユを見て、顔をしかめる。台所に出た虫を見たときと同じ表情だと思った。

『連れていかない』

『やだやだ、一緒に行きたい、行きたいよ』

駄々をこねると、母親は思い切り舌打ちした。

『うるさい。邪魔なんだよ、あんた』

そしてすぐに、それを上書きするように別の映像が差し込まれる。先ほどのものよりも色鮮やかで明るい色合いだ。

『お母さん、どこ行くの？』

『ちょっとお出かけ。すぐに帰ってくるからね』

母親はミユに微笑《ほほえ》みかける。愛おしくてたまらないという顔で。

『お母さん、ミユも連れていってよ』

『帰ってきたら、どこにでも連れていってあげるよ。ミユ、大好き。ミユはお母さんの宝物だからね』

それから、母親は二度と戻ってこなかった。

母親が出ていったときのことを父親に聞かれて、ミユはこう答えた。

「すぐ帰ってくる、ミユ大好きって言ってたよ。宝物だって」

父親は怪訝《けげん》な顔をする。

「本当にそんなこと言ったのか、あいつが」

「うん、言ってたよ。本当だよ」

しかめっ面をしていた父親が、ふいに目を潤ませ、ミユを抱き締めた。

「可哀想《かわいそう》に。可哀想にな、ミユ」

どうしてそんな風に言われるのか、ミユにはわからなかった。伸びっぱなしのヒゲが頬にザリザリ擦れて、痛かった。

ミユは可哀想な子なんかじゃない。母親に邪魔だなんて言われていない。ミユはちゃんと母親に愛されているんだ。嫌われてなんかいない。すぐに帰ってきて抱き締めてくれる。大好きなミユを置いていくわけがないんだから。

（そう、お母さんはミユのこと大好きだった。こんなに鮮明に覚えてるんだから、想像なんかじゃない。お母さんはミユが大好き、お母さんはミユが大好き、お母さんはミユが大好き）

頭がグチャグチャになりかけたとき、そう自分に言い聞かせるとスウッと心が落ち着く。うちには今母親がいないわけじゃない。ただ長く出かけているだけなんだ。待っていれば、きっといつか帰ってくる。だってこの家には母親の大好きなミユがいるんだから。

父親は疲れた疲れたと言ってミユを放って風呂場へ行ってしまった。毎日クタクタに疲れ果てて帰ってくる父親は、まるでそうなるために仕事をしに行っているみたいだとミユは思う。

（お父さんは嘘だって決めつけるけど、本当にあたしが殺人犯に狙われているかもしれないって、少しも考えないのかな。あたしのこと、どうでもいいのかな）

父親はミユの嘘を的確に見極めて、どんなに巧みに話を作っても、ミユを心配してくれない。騙されてくれない。信じてくれない。ミユが本当に殺されでもしない限り、全部嘘だと言うんだろう。そして現実にミユが死んでしまった後に、『信じてやるんだった、許してくれミユ』と言って娘の棺桶《かんおけ》の前で泣くのだ。でも、そんなことになってからじゃ、いくら後悔したってもう遅い。

ミユを失った悲しみで号泣する父親を想像していたら気分がよくなってきた。死んじゃうのは嫌だけれど、本当にそんなことになったら面白いのに。

「嘘じゃないもん。本当だもん。嘘じゃないもん。本当だもん……」

放課後、呪文のように呟きながら一人でとぼとぼと帰る。習い事もしていないし一緒に遊ぶ友だちもいない。昨日まではカナがいたのに、一瞬で消えてしまった。ミユと一緒に歩いているのは、後ろに長く伸びたミユ自身の影だけ。

(カナが本当だったらよかったのに。連続殺人事件だって、本当だったら面白かったのに。いや、こっちは本当なんだっけ?)

どこからどこまでがミユの考えた嘘なんだろう。自分自身を騙してきたから、その境目がわからない。教室で誰かが連続殺人事件の話をしていた気がするけれど、それもミユの想像かもしれない。誰とも喋らずにずっと一人ぼっちなので、頭の中で想像で遊ぶしかやることがないのだ。

「ねえ」

ふいに、話しかけられた。大人の男の人の低い声。

振り返ると、誰かが立っている。強い西日で顔はよく見えない。見上げているから、かがんだ身長もどのくらいの高さなのかわからない。顔もよく見えないのに、男がミユを凝視しているのがわかる。ミユの顔の特徴を執拗《しつよう》に観察しているのだ。

「君、この辺の子？」

ミユは思わず微笑んだ。

ほら、嘘じゃなかった。

これだから女は

今日は成人式か。

はちきれそうな臀部《でんぶ》を派手な着物で包んだ若い女たちが、大学の授業や就職先などの話をしているのを見て、初めてそう気がついた。

それにしても、と私は腹立たしく思う。

何が大学だ。何が仕事だ。お前らの仕事は子どもを産んで育てることだろうが。

そんなチャラチャラした着物を着て成人式なんぞに浮かれて、どうせお偉いさんから長ったらしいどうでもいい演説を聞かされるだけの場所なのだ。そんなものは省いてその場で女を全員孕《はら》ませてしまえば、少子化などすぐに解決するだろうに。

おっと、まあこれはいささか強引な提案か。炎上しちゃうカナ。シッパイシッパイ。しかし、私の基本的な考えは変わらない。『私の』考えというよりかは、これは古来人類としての歴史が始まって以来変わらないルールだと思う。なぜなら子どもが産めるのは女だけだ。男は外で働き、女は家を守る。最近はジェンダーだ何だと小うるさいことばかりが耳に入ってくるが、何とも嘆かわしい世の中になった。

駅の喫煙スペースで煙草《たばこ》を吸いながら、ひっきりなしに視界に入ってくるうるさい成人式の若人たちに苛《いら》ついていると、ズキリと重く頭が痛んだ。昨夜の二日酔いが昼過ぎになってもまだ抜けない。自分の呼気のアルコール臭ですら不愉快だ。

つい数十分前まで寝ていたのにまだ回復しないとは、とため息をつきながら、気を紛らわせようとスマホで競馬の情報を検索する。

ここのところ負けが続いていてムシャクシャしていた。勝てれば運気も上がるのか仕事も何もかも上手《うま》くいくのだ。それがこの体たらくなので、最近は鬱屈することばかりである。

そのとき、通りすがりの潔癖そうな女が私の煙草の煙がかかったためか、露骨に睨《にら》みつけてきた。煙草が許可された喫煙所で煙を吐いて何が悪いのか。

私は舌打ちをした。嫌な女だ。女はこれだから——今日は本当に最悪の日である。何もかもが気に食わない。

さっきの不細工な女はどうせフェミニズムに染まった馬鹿女だろう。外見に磨きをかけることも忘れて己の姿を恥とも思わず、勉学にかまけているのだ。そういう女は男に邪険にされるばかりだから余計にフェミニズムに偏る。綺麗《きれい》な女は男に優しくされる。そして女には嫉妬で意地悪をされるのだ。本当に賢く美しい女は馬鹿げた女どもの思想になど同調しない。

私は大学に行かず、高校を卒業してからずっと肉体労働をして稼ぐ日々だ。そんな私を見下す女どもを心底憎み軽蔑している。

だが僻《ひが》みからこんな考えを持っているのではない。世の中を見回しても、賢い金持ちは男ばかり。見てみろ、世界の長者番付に女はいるか？　ほとんど男ばかりじゃないか。紙幣に描かれるような偉人に女はいるか？　もちろん、大体が男だ。すべてが男の方が優秀であることを証明している。

女は男に甘えて可愛《かわい》がってもらって金をたかるしか能がない。むしろ、そうすることが正当な女という生き物のあり方なのだ。女は男よりも劣っているが、そんな女でも賢い部類は能率的な生き方を知っている。力のある男にすがって生きればいいのだと。

若いうちに外見と社交術に磨きをかけ、育ちのいいお坊ちゃんに目をつけ、手練手管で惚《ほ》れさせて、安全日だなどと嘘《うそ》をつき妊娠する。そして結婚してしまえば、もう人生勝ったも同然だ。

女の人生など、一生あくせく働かなければいけない男に比べれば楽勝である。それを男に楯突《たてつ》いてギャンギャンと喚《わめ》くばかりの学歴だけ立派な女どもは、阿呆《あほう》としか言いようがない。お前らがそうやって無駄な戦いに勤《いそ》しんでいる間に、賢い女はぬくぬくと男の稼いだ金で贅沢《ぜいたく》をし、人生を謳歌《おうか》しているのだ。

私がこれまでの経験から導き出したこの女に対する価値観は、ある種の人間にとってはとても我慢ならない理論のようだ。

私の従妹などまさにそれである。

「そうやって女はこうだ、だからこうするべきって勝手なイメージで決めつけて語るのがそもそも差別じゃないの。単純な法則でまとめて強く言い切ると気持ちいいかもしれないけど、ものごとはもっと複雑なの。女だって男だって色々よ」

などと何だかんだと難しく言って私の考えを頭から否定しようとする。

私は女を差別しているわけではない。当たり前の話をしているだけなのだ。仕方がないので懇切丁寧に説明してやっても、彼女は理解しようとしないばかりか、馬鹿にしたように鼻で笑って説教を始める。

「あのね。差別って自覚がないのがいちばんよくないのよ。そういう差別をなくすのに最も大切なのって、自覚することなの。女性が選挙権を得られたのってつい七十年前の話なのよ。考えられる？　女性は一票を投票する権利すら与えられていなかったの。保守的な日本じゃ未《いま》だに昔ばりの、男は仕事、女は家事っていう役割分担が染みついてるし、女の子は勉強できなくたっていいなんて平気で言う親もまだまだいるでしょ。社会で成功してるのは男の方が多いなんて当たり前。これまでの歴史を考えればね。女性が社会進出するのはこれからよ。長い道のりなの。先人たちが苦労して戦って切《き》り拓《ひら》いて獲得してきた女性の権利を、フェミニストがうるさいのなんのって馬鹿にすることこそ愚かよ」

従妹は長々としたり顔で詭弁《きべん》を弄する。

馬鹿馬鹿しい。古い価値観が未だにあるからこそ、それを利用すればいいではないか。女には女の武器がある。無駄に抗《あらが》って女性の権利がどうのこうのという女どもに男は疲れ果てているのだ。そんな男を癒やす側に回った方がよほど簡単ではないか。

そう返してみれば、従妹に毒された彼女の恋人が、真面目な顔で口を挟む。

「そうやって女の武器を使って男に媚《こ》びて金をせびる女性がいるから、女はどうせと言われるんじゃないですか。だから『女はこうだ』と勝手に決めつける人たちがいなくならないんだ。彼らは差別とも思っていない。あなたと同じようにね。安易に性の力に頼っていてはいつまでも対等になれないと思います。昔はそうしなければ生きられない人もいたでしょうが、今は違う。自分の力で真面目に生きている女性は迷惑に思っていますよ」

性別が違う以上対等も何もない。違うものは違うのだ。捻《ね》じ曲《ま》げれば歪《ゆが》みが生じる。それぞれの力を持つ者がその力を行使して何が悪い。人間も所詮動物だ。動物の原始的な本能に逆らうことはできない。

そう私が言うと、従妹の恋人は私を出来の悪い生徒を諭すような目で見つめた。

「知能を持つ人間だからこそ、動物とは違って進化するんですよ。本能そのままに振る舞えば、それこそ動物と同じでしょ。あなたと同じような理論で、自然界では弱肉強食なのだから、人間社会も弱い者は淘汰《とうた》されるべきだなどと言う驚くような人もいますが、弱い個体を生かすことが可能になっていることこそ、人間が進化し優れた社会を築き上げていることの証左なんじゃないですか。ですから僕は、人間も動物だから、自然界はこうだから、という理論は根本的に話にならないと思っているんです。それは退化したい人間の考えですよ」

オッケー、ばっちぐー、わかったわかった。そういうことね。適当に返事をしながら、私は呆《あき》れてしまって、途中から話を理解することも放棄していた。

そもそもこいつらは私が高卒だからと馬鹿にしているのだ。こちらが年上で社会経験も豊富だというのに、まったく敬う気配もない。

下手《したて》に振る舞っている私にも原因がいくらかあるかもしれない。私は決して相手に自分が賢いことを悟らせないからだ。こいつは馬鹿だ高卒だと思われていた方が会話は容易になる。こいつらのように、頭の悪い奴《やつ》に説教をしてやっているような気分にさせているだけだというのに、見ろ、奴らの得意げな顔を。

この先の人生、私の方が確実に上に行くのだ。せいぜい今は有識者気分でお高くとまっているがいい。もっと世の中を知れば、私が正しかったことを思い知るだろう。ああ、長々と愚にもつかないことを思い出してしまった。すべて知ったかぶりの頭でっかちな連中のせいだ。

身の丈に合わない贅沢な格好をして浮ついている新成人を見ていたら、ますます気分が悪くなってきた。私は煙草を吸い終え、さっさとその場を後にする。また不細工なフェミニスト女に睨まれては敵《かな》わない。

よっこいしょういち、ともたれていた壁から離れた私を、若い男が横目で見て「おっさんくせぇ」と小声で笑った。おっさんの何が悪い。中年男は大体の若い男より金を稼いでいる。つまり偉いのだ。お前もおっさんを敬え、若造が。

私は駅を出て、そのまま通い慣れたキャバクラに足を向けた。

ここはいつでも美しく若い女たちであふれている。その媚びた笑顔の裏には、男から金をむしり取ろうという欲望がべったりと貼りついているが、男に抗う女戦士たちよりはよほど現実的で価値ある女たちだ。

客の男どもは彼女たちと共に過ごす時間を金で買う。道理のわかっている者、分を弁《わきま》えず迷惑行為をする者と様々だが、ここは女が女であることを武器として金を稼ぐ真っ当な場所だ。

外見を磨かなければ相手にされないが、綺麗なだけでは飽きられる。女たちは努力を重ねて男から金を搾り取っている。老いも若きも、婚約中だろうが結婚していようが妻が妊娠中だろうが、男ならば好みの若い美女に上手いことを言われてチヤホヤされてその気にならない者などいない。

所詮人間は動物なのだ。本能の欲求には抗えない。ここは美しくも残酷な世の中の縮図なのだ。

「きゃぁっ！　加藤《かとう》さまぁ、いらっしゃいませ！　お待ちしておりましたぁ。マンモスうれピー」

「何それ？　本当に好きだね、おじさんっぽい言葉」

「だっておじさんのお客さん喜ぶもん。あ、かっちゃんはもちろんおじさんじゃないけど。癖で出ちゃった」

「お客さん思いで偉いなあ、エリナは」

「だってキャバ嬢だもん。ウソウソ、かっちゃんの前じゃエリナはカノジョだよ。他のお客さんには内緒」

二人で濃密な視線を絡め、微笑《ほほえ》み合《あ》った。相手は私に心底惚れている。数多《あまた》のライバルはあれど、そんな奴らは問題ではない。これは私のものだ。

「今日は同伴できなかったけど、成人式でも出てたの？　外に着物の子たちたくさんいたよね」

「違うよぉ。あんな退屈なの行かない。今日はごめんね、ちょっと具合悪かったの。でもアフターはしよ。今日は……安全日だから、さ」

私は若い金持ちの男の腕に縋《すが》りつき、熱っぽい目をしてとっておきの角度から見上げた。

双子心中

ぱさり、と微かな音を立てて原稿用紙が落ちた。

「あら……何かしら」

房子《ふさこ》は思わずそう呟《つぶや》き、重くなってきた腹を気遣いながら、文机《ふづくえ》の上から畳へ落ちた紙を拾い上げる。そこには読みかけだったのか、茶封筒から出した格好の原稿用紙の束が無造作に置かれていた。

几帳面《きちょうめん》な夫なので、机の上を散らかしたままにしておくのはそうないことだ。こうして房子が掃除に入るのはいつものことだが、夫の部屋、特に彼の仕事場である机の上は、鉛筆の位置はここ、文鎮の位置はここ、と決まった場所にきちんと収まっているのが常だった。

房子の夫、芳雄《よしお》は高等学校に国語教師として勤めているが、一高時代の学友が校長を務める女学校でも度々教鞭《きょうべん》をとっている。

その傍ら、芳雄が日々文机に向かって作業しているのは文芸誌に連載している作品のためだ。それは自然主義というよりかは、やや潔癖な理想を掲げる白樺派《しらかばは》寄りのものであった。その作品の通り、芳雄は四角四面の厳格な性格であり、無口で朴訥《ぼくとつ》とした風情は結婚した頃から何も変わらない。

旧家の封建的な空気の中厳しく育てられ、終始模範的で優秀な学生であったという芳雄は、真面目すぎるために働き始めてからすぐに神経衰弱を起こし、その治療のために創作を始めたものが存外好評で、今に至るまで作品を書き続けているのであった。

この原稿は、なよなよとした女の文字からして女学校の生徒からのものであろう。芳雄が作家であるために、時折学生らから書いたものを見せられることがあるとは聞いていた。

真面目そのものの性格ではあるけれど、姉が四人もいるためか、芳雄は存外女性のあしらいを心得ている。ある意味女心を理解していて、女子学生も心安く原稿を見てくださいと頼めるのかもしれない。

ふと好奇心が湧いて、房子は無意識のうちに周りを見回した。夫の部屋にあるものを盗み見るなんてはしたないけれど、こうして何でもないように置いてあるのだから、それほど大事なものではないだろう。

房子は数字の振ってある通りに原稿用紙の束を重ね直し、静かにそれを読み始めたのだった。

双子心中

先生、私がこうして筆を執りましたのは、今まで誰にも打ち明けたことのない、私の救いようのない心のうちをすっかりお話ししてしまおうと、つい先刻思い立ちましたからなのでございます。

先生は小説を書いていらっしゃるお方でございますから、私の少しばかり変わった話が多少なりとも先生の創作意欲のおためになれば、これ以上幸せなことはございません。もちろん、私の話を元にして何らかの小説をお書きになられても一向構いませんし、むしろ先生のお手によって私の人生の一部が物語へと昇華されれば、それは無上の喜びでございます。といっても、それを現世で覚えることはないのが、ちょっと口惜《くちお》しくもございますけれども。

こんな不穏なことばかり書き連ねてしまって、先生、本当に申し訳ございません。先生のお目には、私はきっと他の大人しく淑《しと》やかな女学生たちとは違い、落ち着きがなくお転婆で、まるで男の子のようなじゃじゃ馬と映っておられたでしょうから、こんな湿っぽいことばかりを並べ立てるのは妙なことだとお思いでしょう。

私は本郷の裕福な家に生まれて、母は昔ならお姫様と呼ばれるような公家《くげ》華族、父は代々続く問屋業の跡継ぎで、この大正の御世《みよ》、電気や鉄道にも商売を広げ、近隣の人らには電気御殿、鉄道御殿と呼ばれる大きなお屋敷と、黒漆喰《くろしっくい》の立派な蔵が並ぶ広い敷地で暮らしております。

何不自由なく育ちまして、親も厳しいことは少しも言わない優しい質《たち》なものでございましたから、幼い頃からのこのような気性は矯正されずのびのびと暮らしてまいりました。けれども一方で私は、ふしぎなことや怪しいこと、たとえば宵闇に人魂《ひとだま》のように浮かぶ仄赤《ほのあか》い提灯《ちょうちん》の群れですとか、深い森の奥にひっそりと佇《たたず》む苔《こけ》むしたお狐《きつね》様ですとか、騒々しい演技の終わったチャリネの薄暗い天幕の内に蠢《うごめ》くふしぎな影ですとか、そういったそこはかとなく秘密の匂いを嗅ぐような、踏み込めば別世界へと誘われてしまいそうな、摑《つか》みどころのない、幽玄なものを好んでもいたのでございます。

私にこのような風変わりな一面を与えたのは、双子の妹の存在が大きく関わっておりました。

私は文子《あやこ》、妹は千代子《ちよこ》と申しまして、互いに『あや』『ちよ』と呼び交わし、鏡合わせのようにそっくりな顔を揃《そろ》えて、よく絵草紙など一緒に眺めたものでございます。

顔は同じでございましたけれど、活発な私と違って、ちよは生まれたときから病弱で、平生からよく熱を出し、特に日に当たりすぎるとすぐに参ってしまいますので、家の奥深い座敷に引きこもっていることが多くありました。

両親はそんなちよを喜ばせようと、綺麗《きれい》な着物や、見事な細工を施したおもちゃや、精巧な美しいお人形をちよの周りに並べ、普通の子どものように外を駆け回ることのできない寂しさを、少しでも紛らわせようと努めておりましたのでございます。

私は太陽の下で近所の子らと遊ぶ傍ら、暗くなれば家に帰って、ちよと一緒に夜な夜なおもちゃや絵草紙やお人形を楽しみ、二人きりの世界に夢中になっておりました。雨の日なぞは一日中二人で座敷に籠もって遊《あそ》び耽《ふけ》り、昼も夜もないような薄暗い場所で、もう一人の自分と飽かず戯れたものでした。そんな浮世と切り離された一種ふしぎな空間が、私のミステリアスなものへの傾倒を育んだのでございましょう。

姿は自分と同じですけれど、ちよは奔放な私とは正反対で、優しくたおやかな娘でございました。病弱な子どもにありがちなわがままや癇癪《かんしゃく》などは一切なく、いつも柔らかく微笑《ほほえ》んでいて、外に出られない鬱憤や、思い通りにならない虚弱な己の体への腹立たしさなど、幼い娘ならば隠す術も知らないはずの当たり前の心を、まるで持ったことがないようでした。

少し長じてくると、私は自分と同じ顔なのにもかかわらず、ちよは大層美しく綺麗な子どもなのに気づきました。その美しさは、お人形の精緻に整った優雅なお顔や、鮮やかな色合いに染め抜かれた着物の艶《あで》やかさや、自然の形作った草花のみずみずしい輝きとはまた違っております。

ちよは日に当たらぬ透き通るような雪白の肌を持ち、薄暗い座敷ではまるで蛍のようにぽうと仄かに光るのでございます。

私は自分の体が骨ばっていて男の子のようなのが嫌だったのですけれど、同じ骨格を持っているはずのちよが綺麗な着物に身を包んだ姿は、まるでそうとは見えず飽くまでなよやかで華奢《きゃしゃ》でした。

いつも可憐《かれん》に微笑んでいて、そのどこか物悲しげな優しい目は、見る者の胸を締めつけ、甘美な庇護欲《ひごよく》を起こさせます。

いつしか私たちは二人だけの秘密の遊びに耽溺《たんでき》するようになりました。互いを遮るものは何もなく、私たちは母の子宮の中でそうしていたように、裸の体になって脱ぎ捨てた着物や帯の上でぴたりと肌を合わせました。そうするとまるで浮世の忙《せわ》しない何もかもから解放されたかのように、私たちは二人きりの宇宙を快く揺蕩《たゆた》うことができたのでございます。

裸で向き合って初めて私たちは発見したのですけれど、双子というものは、先生、顔だけでなく体までもそっくりなものなんですのね。太陽の下で育った私と、奥座敷の暗がりで育ったちよは随分と違った体つきになりそうなものですけれど、どういう具合なのか、腕の格好も足の形も、ほくろのひとつひとつやちょっとした肉の隆起、頭の天辺《てっぺん》からつま先に至るまで、私たちはまるきり同じでございました。二人でひとつひとつ確かめ合っては感嘆のため息を漏らし、この世に特別な相手はちよだけ、あやだけと確かめ合い、鏡をじっと覗《のぞ》き込《こ》むように、私たちはいつまでも甘美な魂の慄《おのの》きを味わったものでございます。

私はいつの間にか、すっかりちよの信奉者となっておりました。ちよと一心同体になりたい、ちよそのものになってしまいたいと思うほど恋い焦がれておりました。ちよのいない生活など考えられず、ちよよりも大切なものなどこの世のどこにもないと確信しておりました。

先にも申しました通り、私は自分の体つきが嫌いでした。けれど、自分とそっくりなはずのちよを目の前にすると、なぜかうっとりとしてしまうほど綺麗だと思うのです。

また、私たちは互いに着物を着せ合うのも好みました。私は自分の体が醜いと思っていましたけれど、なめらかで冷たい絹の襦袢《じゅばん》にぴたりと肌を包まれ、華やかな着物を重ね、硬い帯で肋骨《ろっこつ》や腰骨のあたりを締めつけ、一枚一枚、体に纏《まと》わせ、巻きつけ、縛りつけていくほどに、不自由になってゆくほどに、自分の無骨な体が淑やかな女の形に整えられ、美しくなってゆくように思うのでございます。そして改めて、同じように着物を纏ったちよを眺めますと、ああ、私もきっとちよと同じように綺麗になれたのだ、と心が満たされるのです。

けれど、そんな幸福な時間も長くは続きませんでした。やがて、年頃の娘たちには当然のように縁談が来るようになったのでございます。

両親は、私ならいざ知らず、ちよは体も弱いので、こうして縁談があるだけありがたいことだと、強《し》いてその話を進めようとしておりました。

新しい時代になったとはいえ、女はまだ家に縛られたままでございます。嫁《か》して子を産んでようやく一人前。うちには他に兄弟がありませんから、長女の私が婿養子をとることになるのでしょう。ちよの方は他家へ嫁ぐ身の上ですけれども、もし子を授かったとしても、ちよがその身を損なわずに子を産むことができるとは到底思えません。

すると両親は、ちよを欲しいと言っているのは五十を過ぎた富裕な中年男で、子を望んでいるわけではないと申します。その男はこれまでに妻を二度換えており、ちよは四人目の妻ということになるのです。子どもは妾《めかけ》に産ませた分も合わせてすでに八人ほどになるということで、もういらぬとうそぶいているらしいのでございます。正当な血統の従順で若い正妻が一人欲しいというだけだと。

結婚をさせ少しでも一人前の人間にしたいというだけで、娘をそんな男のところにやろうとしている両親が信じられませんでした。体が弱いから子どもは望めず、それゆえに少しばかり問題のありそうな相手でも仕方がないと、そんなことを当然のように考えているのです。

ちよは天女さまのように優しい娘ですから、お父様お母様が望むなら、とそれを受け入れようとしております。けれどももちろん心の中ではそんなおぞましい男のところになど行きたくないのです。

『お父様お母様のことを思うと断ることなんてとてもできないけれど、本当は私、あやと離れたくないわ』

『私も絶対に嫌よ。ちよをそんなところにやりたくないし、私もどこへも行きたくない。ずっとここでちよと一緒にいたいわ』

『私もそうよ。あやといたい。ずっとずっと一緒にいたいわ。一刻でも離れることなんて考えられやしないわ』

私たちは鏡を合わせたような同じ顔を突き合わせ、鏡のように同じ言葉を交わし合いました。

そうです、こんなにも同じ存在であり元々ひとつのものだったというのに、どうして離れることができましょう。私たちは肌と肌を、唇と唇をぴったりと合わせ、何もかもを溶け込ませるように絡めながら、二人きりの桃源郷に沈んでゆきました。

そして、どちらともなく言葉にし、決意したのは、二人の無垢《むく》な愛を汚されぬために、心中しよう、ということでございました。

そう心を決めてしまうと、ふしぎなくらいに胸は晴れやかに冴《さ》え渡《わた》り、私たちはほんの僅かにあった躊躇《ためら》いすらも綺麗に捨て去ってしまって、互いの身も心も隅々まで味わうように耽溺したのでございます……

以降も何やら連綿と奇っ怪なことを書き連ねてある原稿を取り落とし、房子は唾を飲んだ。

「まあ、気味の悪い」

息を弾ませ一人呟き、汚いものにでも触れてしまったかのように指先を布巾で拭いて、落とした原稿を形ばかり整え、夫の書斎の掃除に戻る。

ほんの少しの好奇心につられて捲《めく》ってみれば、妙な力があり引き込まれてしまって、気味が悪いと思いながらも気づけば読み耽っていた。

それにしても、何と背徳的でおぞましい物語だったのか。ひどく奇妙なのにどこか生臭い現実味があるために、嫌だ嫌だと思いつつ頭を去らない。これが創作なのか本物の告白なのか知らないが、よりにもよってこんな退廃的な趣のものをあの堅物の夫に堂々と見せるとは、と房子は自分の顔が赤くなる思いがした。

こんなものを読まされて、夫も困っているに違いない。芳雄は責任感が強く、同時にとても繊細だ。房子の妊娠がわかって以来、最初は大いに喜んだものの、次第に沈み込んでいる様子を見ることが多くなった。元より心があまり強くない夫なので、親になることの責任の重大さに怯《おび》えているのだろう。そんな不安定な時期にこんな奇っ怪なものを見せられれば、ますます気が塞いでしまうのではないか、と心配になった。

その日帰宅した芳雄は部屋が片づけられているのを見て、文机の上の変化に気づいたようである。

「お前、もしかしてあの原稿を見たかい」

そう訊《たず》ねられれば、盗み見てしまったようで居心地の悪さを感じながらも、房子は素直に「はい」と答えた。

平生から無口である芳雄はしばらく考えるように黙り込んでいたが、ふいに「どう思った」などと口にする。房子は意見を求められたことに少し驚き、正直に言っていいものかと考えながら、しかしあのような倒錯的なものを夫が肯定的に捉えているとも思えず、感じたことをそのまま伝えることにした。

「正直申しまして、随分嫌な心持ちがいたしました。あれは生徒さんが書かれたものなのでしょう」

「うん。僕も、ちょっと困っていたものだから。どうしたものかと思ってね」

「どんな生徒さんなんです」

房子の問いかけに、普段から喜怒哀楽を表さない芳雄が何を思ったのかはわからない。ただ少し眉のあたりに動揺を示すようなさざなみが立った。房子はふと胸騒ぎを覚える。

「うん。まあ、少しばかり変わった子だ」

「あれは、その生徒さんの本当の告白なんですか。それとも、創作なんですかしら」

「うん。どうだろうな。聞いていないから、わからない」

「いつから教えていらっしゃるんです」

「去年かな」

去年。房子の鼻先に、ふいに仄甘い脂粉の香りが漂った。

結婚して四年目。見合いで会ったその日に夫婦となることが決まり、互いのことをほとんど何も知らずに一緒に生活を始めて、特に問題はなかった。長らく子はできなかったけれど、実直な芳雄は浮気の心配もなく、無口ではあるが房子に優しく、ただ自宅と勤務先を行き来するだけの生活で、酒も飲まず賭け事もせず、もちろん女も買わない。房子もそんな夫とゆっくりと愛を育みながら、刺激はないがごく普通の、優しい夫婦関係を築いてきたのだ。

けれど、芳雄がその生徒を教え始めたという一年前。その頃から、時折脂粉の香りを夫から嗅ぐようになった。

やがて念願の子を授かったけれど、芳雄から時折化粧の匂いが漂うのは変わらなかった。いや、房子が妊娠してからますますその頻度が増えたようにも思う。まさかと思いながらも疑念にとらわれた房子は、こっそり夫の後をつけたこともあったが、身を寄せ合って歩く女も、意味深な視線を交わし合う女もいない。花街へ足を向ける様子もなかった。場所を変えて執筆したいからと単身で旅行に出れば、その道中でも宿でも本当にただ一人きりである。何もないとは到底思われないのに、房子は夫の近くにいるはずの女を見つけられずにいた。

はっきりと疑っていた房子だが、あまりに影も形もないので、次第に自分の勘違いかもしれないと思い始めた。脂粉の匂いは、きっと勤務先で化粧の濃い同僚がいるのだろう。そんな風に考えを変えてみれば、何とつまらぬことで頭を悩ませていたのか、と馬鹿らしく思えてくる。夫婦で一緒に歳《とし》をとり、そういえばあの頃ね、と冗談で語れる日が来るのではないか。

それが今、呆気《あっけ》なくその輪郭をあらわにした。

気味の悪い原稿。それを書いた女学生。

根拠はない。ただその生徒と芳雄が出会ったのが一年前というだけだ。房子が懐妊し、芳雄の様子に明らかな変化が現れた。それは父親になるがゆえの不安とばかり捉えていたけれど、他に理由があるのではないか。関係を持った相手に溺れ、房子の妊娠を好ましく思えなかったのではないか。そのために家では鬱屈とした顔でいることが多くなったのではないか。

まさか相手が教え子とは思っていなかった。何しろ脂粉の匂いの印象が強すぎて、もちろん女学校で教えているとは知っていたものの、学校に化粧をしてゆく生徒などいるはずもない。きっと学校の外での逢引《あいびき》のために濃い化粧をして変装していたのかもしれない。そう思い至ると、相手は化粧をする大人の女と思い込んでいた自分の迂闊《うかつ》さに、地団駄を踏みたいような心持ちであった。

その場で夫を詰問することはできなかった。ただ書斎にあった原稿の話をしていたに過ぎない。確かな浮気の証拠を見つけたわけでもないのだ。

けれど再び疑念が黒々と湧き上がったこの日以来、煩悶《はんもん》する房子の前に再び夫が仄かに甘い脂粉の香りを漂わせたとき、大人しいよき妻の仮面は脆《もろ》くも崩れた。

「旦那様」

そう呼ばわった房子の顔は青ざめて強張《こわば》っている。

「ずっと黙っていましたけれど、そのお化粧の匂いは何なんです」

ついぞ聞いたことのない妻の烈《はげ》しい口調に、芳雄は口がきけず固まっている。

「他に女があるんですか」

「いや、うん。いない、そんなものは」

痰《たん》が絡んだようなしゃがれた声で返す芳雄の態度は、明らかに不審だった。限界だった房子の精神はたちまち火をつけられ、轟然《ごうぜん》と燃え上がる。

「ひどい、この期に及んで」

わっと卓子《テーブル》に泣き伏して、「馬鹿にして」「何も言わない私を二人で嘲笑《あざわら》っていたんでしょう。身重の私を放って、二人で楽しんでいたんでしょう」「恨んでやる、呪ってやる」と矢継ぎ早に喚《わめ》き立《た》てた。

ひと息に激情をほとばしらせた房子に、芳雄は恐れをなして何も返すことができない。般若《はんにゃ》のような顔で赤い目を夫に据えた凄《すさ》まじい形相を見て、無骨な男は戦慄してよろめいた。

蛇に睨《にら》まれた蛙《かえる》のように硬直した芳雄は、やがて小さく「すまなかった」とこぼした。認めたのだ。房子は絶望し再び顔を伏せ、悔しさと憤りに任せてしくしくと泣き出した。

「怖いな」後ろを向いた芳雄は口の中でもぐもぐと何やら呟いている。「女は怖い。清らかなのは……だけだ」


真面目で誠実でありよき夫、貞淑で優しく夫によく尽くす妻、という構造は砂のように脆く崩れた。

疑念の籠もった妻の鋭い目が夫を追いかけるとき、夫は悄然《しょうぜん》として小さくなり、妻の視界から必死で逃げようとした。そのいかにも卑屈な様は房子の怒りに再び火をつけ、詰問があふれて止まらなくなった。

「一体いつからの仲なんです」

「きっかけは？」

「何年何組の生徒さんですか」

「お名前を仰《おっしゃ》ってくださいな」

芳雄はその度に「ああ」だの「うう」だのとまるで言葉をなくしてしまったかのように

不明瞭な口調で応えるだけで、まるで話にならない。

この上生徒と関係を続けられてはたまらない、と房子は芳雄の友人でもある女学校の校長を訪ねていった。

芳雄の不貞の件を聞いた校長は「あの真面目な彼が、そんな馬鹿な」と驚いたが、「本人も認めたのです」と大きな腹を抱えた房子が真剣に訴えるのを見れば、更に否定することはできなかった。浮気は男の甲斐性《かいしょう》とはいえ、相手が生徒であれば問題である、しかもうすぐ子どもが産まれるというのに……と渋面を作り、やがて芳雄の授業をしばらく取りやめるという決定に至った。

「しかしまったく気づかなかったな。一体いつ頃からそんなことが始まったんです」

「私の記憶する限りでは、一年前です。丁度その生徒さんを教えるようになってすぐのことかと」

「それなら、奥さんの妊娠がきっかけというわけじゃないのか」

「生徒さんといよいよ仲が深まった頃に私が身ごもったものですから、主人は不安定になったのだと思います。本人は、父親になるのが怖いからと申しておりましたけれど、そうではなかったんですわ」

「いや、それも確かにあるでしょう」

学長は同情した顔つきで頷《うなず》いている。

「芳雄くんは朴訥として真面目なのはもちろんそうなんですが、心はとても揺れやすい、繊細な質なのです。奥さんもそれはご存じでしょうが、浮気とは別にして、彼にとって父親になるということが、普通の男よりも更に重く、悩ましく感じられたのはふしぎなことではありません。学生の頃から、彼は常にどこか暗い陰を背負っているような、なにか大きな悩み事でもあるのではないかと思わせるような憂鬱な雰囲気を持っていましたから」

かといってそれが浮気をしていい理由にはならない、と房子は奥歯を嚙《か》み締《し》めた。父親になることで責任が生じるのは当然のことだ。芳雄は男なのだから、一家の大黒柱となってしっかりと働かなければならない。女学生などにうつつを抜かし、不安だからといって妻子を捨ててそちらに逃げるようなことがあってはならないのだ。

学校にも行かれなくなった芳雄は家に籠もり、房子に監視される日々にとらわれることとなった。

執筆活動でもすればよいのに、何も書いていない様子である。「何かお書きになったら」と房子が手を尽くして芳雄の環境をよくしようとしても、心ここにあらずといった調子で、一日中ただ寝転がっている。しまいには、「家の中は息が詰まる。少しでいいので旅行でもさせて欲しい」などと訴えてきた。

外へ出て何をする気なのか。誰と会う気なのか。房子は堪忍袋の緒が切れ、ものも言わずに夫の部屋に駆け込む。

「何をするんだ。やめてくれ」

震える芳雄の声を背中に聞きながら、房子は夫の簞笥《たんす》の引き出しを引っ張り出し、戸棚を暴いた。すると奥の方に、やはり女への贈り物らしき着物や髪飾りが大切そうにしまわれているではないか。天袋まで開き、中の箱を叩《たた》き落《お》とすと、中からは古風な意匠の鬘《かつら》が転がり出た。一瞬生首でも落ちたのかと息を吞《の》んだが、それが鬘だとわかった途端、まだあどけない顔の少女に古めかしい鬘をかぶせ、身を寄せ合う夫との場面が頭に浮かび、体中の血が煮《に》え滾《たぎ》った。

「ええ、忌々しい！」

房子は叫んで着物を引き裂き、髪飾りも鬘も激しく踏み潰した。そして書類の中からかの原稿を見つけ出して、これもまたビリビリに破いてしまった。実際の夫の相手が誰なのか、名前も顔も知らない房子には、その気配の匂うものを破壊することでしか、気持ちを晴らせないのであった。

「外へ行って何をするんです。この気味の悪い小説を書いた生徒とふしだらなことをするんでしょう。あなたはもう父親になるんですよ。もっと男らしく、堂々としていなくちゃいけないのに、ああ、情けない、情けない！」

荒れる房子に芳雄はただ疲弊して項垂《うなだ》れるばかりである。その面《おもて》は一気に何年も歳をとってしまったかのように老け込んでいた。

その夜、怒り冷めやらぬ房子に恐れを成し、芳雄は書斎に閉じこもった。自分の中にこのような烈しい感情があろうとは、と房子自身驚き恐れている。お腹《なか》の子に悪い、と強いて心を落ち着かせた。

しかしさすがにやりすぎてしまった、と僅かな後悔が胸に差し込み、芳雄の様子が気になって何となく書斎の様子を伺っていた。

すると、何やら中でぼそぼそと呟いている声が聞こえるような気がする。

『もうおしまいね……これからは会うことはできない……引き裂かれるのよ、私たちは……この世ではあまりに儚《はかな》い恋だったのね……』

女の声か。いや、幻聴だ。自分はまだ冷静ではない。夫の書斎に誰かいるわけがないではないか。

房子は芳雄の書斎の襖《ふすま》を開け放ちたいという衝動を必死で堪えた。もう夫に苦しめられたくないという気持ちがあった。これ以上醜い女になるのは嫌だという自制心で己を縛りつけた。

幻聴はすぐに聞こえなくなった。房子は疲れ果てて布団に横になり、夫の浮気相手と言い争う夢を見た。

それ以来、芳雄はますます萎《しぼ》んで大人しくなった。相変わらず筆は乗らないようだが、外に行きたいとは言わなくなった。もちろん、脂粉の香りもない。

あれほどの怒りを表した房子を見て芳雄は大きな衝撃を受けている様子だったし、それでも尚《なお》不倫を続けるような厚かましさは、元々真面目な夫にはないだろう。

房子が安堵《あんど》し始めたある日、それは起こった。

近くで親戚の集まりがあり、久しぶりに会う面々に思わず話が弾んでしまって、家に戻るのが遅くなった。玄関から「ただいま戻りました」と声をかけても、家の中は水を打ったように静かである。

なにか不吉な予感がして、房子は「旦那様」と声をかけながら家の中を見て回った。すると、夫婦の寝室に異変があった。きちんと整理したはずの鏡台の化粧道具が奇妙に散らかっていたのだ。そして簞笥の横にあったはずの姿見がなくなっている。

すわ強盗か、と房子は顔色を変えた。いや、見たところ蹂躙《じゅうりん》されたのは房子の持ち物だけである。もしや、不在の間に浮気相手が乗り込んできたのではないか。房子の耳に、かつて夫の書斎から聞こえてきた女の声が蘇《よみがえ》る。あれは幻聴だと思っていたが、まさか、あのときからずっと簞笥の奥にでも潜んでいたのではないか。書斎に一人で籠もっているとばかり思い込んでいたけれど、女をこっそりと隠していたのではないか。

「旦那様！」

いくら呼んでもまるで返事がない夫の書斎の襖を開けたとき、房子はその異様な光景に凍りつき、悲鳴すら出なかった。

女はいない。芳雄は一人きりだった。一人で書斎で倒れていた。

口元の吐瀉物《としゃぶつ》と目を見開いたままぴくりとも動かないその様子から、すでに手遅れであることが見て取れた。手元には常用していた睡眠薬の瓶がほとんど空になって転がっている。

そして、その格好が恐ろしく奇妙であった。大きく割れた姿見の前で、首までべっとりと水白粉《みずおしろい》を塗って厚化粧を施し、房子が引き裂いた艶やかな綸子《りんず》の小紋を纏い、房子が踏み潰した鬘をかぶって、芳雄は事切れていたのだ。

それを見た瞬間、房子はすべてを理解した。

芳雄に女はいなかった。だが、浮気はしていたのだ。そして心中した。鏡の中の女と、もう一人の自分と。妄想の逸楽に溺れ、ちよ、あや、と呼び交わしながら。

理想の美しい女とひとつになるために。

房子の脳裏に、薄暗い旅館の部屋で色とりどりの着物の上に身を投げ出し、半ば剝げかけた白粉の下から肌理《きめ》の荒い男の皮膚を覗かせながら、女のような文字を原稿用紙の上にのたくらせている芳雄が浮かんだ。それを書いていたとき、芳雄の心は儚い恋を選ぶことをすでに決めていたのだろう。書斎にそれを放置したのは、よもや薄暗い秘密を妻にだけは打ち明けようとしたのではあるまいか。

房子は涙も出ず、ただ茫然《ぼうぜん》として立ち尽くした。

食べたい

美味《おい》しくない。

好物のリンゴをひとかじりして、葉奈《はな》は思わず吐き出しそうになった。

フォークの先に刺さったみずみずしい蜂蜜色の果肉を矯《た》めつ眇《すが》めつ観察する。昨日の仕事帰りに買ってきたばかりのそれは、腐っているわけではなさそうだし、少しの傷みもなく新鮮そのものだ。

最初に冷蔵庫の野菜入れからリンゴを取り出したとき、すでに僅かな違和感はあった。いつもなら胸躍るはずのリンゴの濃密な香りが、まるで好ましく感じられなかったからだ。それどころか、どこか饐《す》えたような、腐臭に似た嫌な臭気を感じた。けれどそのリンゴはどこをどう見ても、いつも葉奈が食べているものと何も変わりないのである。

(じゃあ、変なのは私の方か)

自分の体がおかしくなったのかもしれないと気づき、葉奈はため息を落とした。

一週間前に、恋人の湊《みなと》と喧嘩《けんか》したばかりだった。

子どもの頃から家族ぐるみの関係があった近所の幼馴染《おさななじみ》で、葉奈はもういつか覚えていないほど昔から湊が好きだった。

その『好き』が友だちのそれではなく恋愛感情だと気づいたのは思春期にさしかかってからで、気づけば湊の姿を目で追っていたり、湊の笑顔が頭から離れなくなったりと、そんな自分に戸惑ったことを思い出す。

（珍しく喧嘩しちゃっただけで、すぐに元通りになるはず。そうだよね？　湊……）

恋人としてはまだ一年足らずだが、自分たちの関係は二十五年ほどにもなるのだ。たった一度の喧嘩で途絶えてしまうような絆《きずな》ではない。どんな仲のいい友だちよりも長い時間を共有してきたし、葉奈の大切な思い出の中には、必ずと言っていいほどいつも湊がいた。といっても、ほとんどの場合一方的に湊にくっついていたのは葉奈だったけれど。

普段の湊は淡々としていて移り気で、ずっと同じ友だちと行動を共にするような性格ではなかったので、どこにでもついてくる葉奈をうっとうしがって冷たくすることもあった。しかし、その後は必ず謝ってたくさん優しくしてくれた。

いちばん覚えているのは小学校二年生のとある日曜日の出来事だ。家で昼食をとった後、二歳年上の湊と最近買ったゲームで一緒に遊びたくて、いつものように家に遊びに行った。湊は手先が器用で、どんなゲームでも簡単に攻略してしまうのだ。正直、ゲームは湊のところに遊びに行く理由作りでしかない。葉奈は湊と遊べれば何でもよかった。

けれど、湊は葉奈がやってくるとそれを無視して、すぐに外に出ていってしまう。慌てて湊の後を一生懸命ついていくと、『もうついてくんな』と怒られた。幼い葉奈はそれも遊びの一部だと思っていたので、それでも後を追いかけていった。すると、いつの間にか湊がいなくなり、気づけば周りの景色は見たことのないものになっていた。

今思えば近所だったのにどうして、と思うけれど、たとえ家の近くでも、小さな子どもの足では歩ける範囲が知れている。いつも行かない場所であれば簡単に迷子になってしまうのだ。

日が暮れるまで辺りをさまよい、泣いていた葉奈を最初に見つけたのは、やはり湊だった。そこはまだ住宅開発の進んでいない雑木林で、背の高い大人では見つけにくい場所だったようだ。

『ごめん、葉奈。怖かったよな。もう置いていったりしない。本当にごめんな。葉奈が大好きだよ』

涙でぐちゃぐちゃの葉奈の顔を撫《な》でて、ぎゅっと強く抱き締めてくれた。気まぐれで葉奈に冷たい態度をとってしまった後は、必ず大好きだよと言ってくれた。湊との数ある大切な思い出のうちのひとつだ。

自由で奔放だけれど、湊は本当は優しい。葉奈はそれをよく知っている。

（会いたいよ、湊）

たった一時のこと、なんて考えていたけれど、味覚が変わってしまうほど精神的に追い詰められていたらしい。葉奈はまずいリンゴを片手に、ますます気持ちが落ち込んだ。自分は本当に湊のことが好きなのだ。心でなく体にそう教えられた気がして、胸が絞られるように切なくなる。大声で泣き出しそうになって、子どもみたいだとグッと堪えた。躊躇《ためら》っていないで、早く湊に会いに行かなくてはいけない。そうすれば、リンゴもまた美味しく食べられるようになるだろう。そう思っていた。

しかし、状況は好物だったリンゴがまずくなっただけでは済まなかった。

リンゴの味に違和感を覚えたその日以来、ほとんどすべてのものが、口にすることができないほど不愉快な味に感じられるようになってしまったのだ。

白米も蠟《ろう》のような味の粘っこい粒でしかなかったし、パンも埃《ほこり》っぽい綿を噛《か》み締《し》めているようだった。肉は軒並みきつい獣の脂ぎった臭いがして、魚は涙が出そうなほどの刺激臭を感じた。新鮮な野菜も果物も腐っているとしか思えない味がしたし、今まで何も考えずに口に入れていたはずの何もかもを、すっかり受けつけなくなってしまったのだ。

ほとんど何も食べられなくなった葉奈は、目の前に食べ物があるのに食べられない飢えに苦しんだ。

けをされた。

「妊娠していらっしゃる可能性はありますか」

たまらず会社を早退して自宅近くの内科に駆け込むと、医者から、思いがけない問いかけをされた。

呆然《ぼうぜん》とした。自分が母親になる。その現実はあまりにも遠く、曖昧で、まるで夢を見ているようだった。

いずれ子どもは欲しいと思っていた。数年後に湊と結婚し、そして二人にそっくりな子どもを何人か産む。勝手にそんな夢想をしていたけれど、まさかこんなタイミングで、できてしまうなんて。

まずは不安が先にきた。まだこんな子どものような考えの自分が、母親になれるのだろうか。予期しない妊娠だっただけに、心の準備ができておらず、強い戸惑いを覚える。

けれど、ふと思った。そうだ、このことを理由に湊に会いに行けばいい。いいきっかけができたではないか。

葉奈はそう思いつくと、すぐに気持ちが上向きになってきた。

そう、自分は湊の子どもを身ごもったのだ。母親になるのだ。ものが食べられないことなど大してつらくはない。辛《かろ》うじて水は飲めるし、ゼリー飲料を味わわず一気に飲み込んでしまえば、最低限の栄養は摂取できる。

味覚の異変が始まってから数日ですでに頬が痩《こ》け始《はじ》めていたが、考えを切り替えるとふしぎなほど生き生きとした熱い力が体中にみなぎってきた。

早速メッセージアプリを開く。

いつも丁寧に少し長めのメッセージを送っている葉奈に対して、最近の湊は『そっか』だの『了解』だの、短い返事ばかりだ。会っても不機嫌なことが多く、怒らせないよう気を遣っていたように思う。

(もしかして、仕事で何かあったのかな……。きちんと気づいてあげられたらよかった)

そんな反省をしながら、大事な話があるから会いたいと、短い文章に思いの丈を込めた。

メッセージはなかなか既読にならなかった。辛抱強く一日待っても反応がなかったので、ブロックされているのではないかと気づく。

慌てて電話をかけてみるが、こちらも拒否されている。葉奈は愕然《がくぜん》とした。

(嘘《うそ》でしょ？　何で……)

突然横っ面を叩《たた》かれたような衝撃に、涙がこぼれそうになって唇を嚙み締める。

このままでは本当に湊との繫《つな》がりが断たれてしまう気がして、葉奈は追い立てられるように、幼い頃から交流のある湊の実家に連絡した。

『はい、吉田《よしだ》です』

久しぶりに聞く湊の母親の声。昔はほとんど毎日電話して、湊の家に遊びに行ったり、湊と電話でお喋《しゃべ》りをしたりしていた。

「おばさん、ご無沙汰してます、葉奈です」

『あらぁ、葉奈ちゃん。久しぶりねえ』

懐かしげな声。けれど、今は思い出話に浸っている気分ではない。

「すみません、あの、最近湊くんは元気ですか」

『え、湊？　ええ、昨日も電話したけど』

「あの、今日連絡取ろうとしたんですけど、通じなくって。何かあったんじゃないかって心配で、私」

『まあ。大丈夫だと思うわよ。昨日も元気そうだったし』

葉奈は、意を決して湊の母に頼み込んだ。

「おばさん、すみません、私今湊くんと喧嘩しちゃって連絡取れなくて。でも、どうしてもすぐに話さなきゃいけないことがあるんです。できたら、おばさんから湊くんにそう伝えて欲しいんですけど。その、元気かどうかの確認も兼ねて」

『あらあら。葉奈ちゃんは本当、昔っから心配性ねえ。幼馴染なんだもの、すぐに仲直りできるわよ』

湊の母親は、息子に葉奈のことを伝えると約束してくれた。

話の詳細を深く訊《き》かれなかったのは助かった。本人に言う前に、彼の母親に『妊娠した』という重大な事実を伝えたくはない。

電話から数時間後、メッセージが既読になり、返事が来た。

『実家に電話するのやめろ』

湊は不愉快さを隠さなかった。嫌がられるだろうとは思ったけれど、背に腹は代えられなかったのだ。

『ごめん。でも大事な話があるの。どうしても会って話したい』

慎重に返信する。絶対に会って話したい。湊の様子を確かめたいし、何より二人にとってとても大事なことなのだから。

たっぷり半日かけた後、観念したように『明日昼過ぎに会おう』と返事が来た。葉奈はホッとして、安堵《あんど》のあまりベッドにダイブして枕に深々と顔を沈めた。ほんの少し会えなかっただけで、『会おう』という文字がこれほど輝いて見えるだなんて、とおかしくもなった。

明日は土曜日だ。湊がいなければ何もすることがない週末に、再びいつものように会えることになった。

湊に会えるのが無性に嬉《うれ》しくて、葉奈は精一杯のおめかしをした。いつも一緒にいたせいか、オシャレを忘れかけていたことを反省し、髪を巻いて、丁寧に化粧をし、セールになるのを待てずに買ってしまったとっておきのワンピースも下ろした。甘い香水もつけたかったが、今の自分では吐いてしまいそうだと思い、諦めた。

待ち合わせ場所は時々一緒に行っていた、駅から少し離れたところにある喫茶店だ。年季の入った内装のクラシカルな雰囲気で、メニューも昭和レトロの香りが漂うものばかり。いつも不機嫌そうな中年夫婦が経営していて愛想笑いのひとつもないが、週末でもさほど混んでいないのがいちばんの魅力である。

これから湊に会える。そう思うだけで、背中に羽が生えて飛んでいけそうだった。部屋を出ると初夏の青々とした爽やかな風が痩せた頰を撫でる。湊との子を身ごもったのだと改めて自覚すれば、世界のすべてがバラ色に輝いて見えた。

浮かれて約束の時間より二十分も早く来てしまった。先に席に着いても長々と飲食物の匂いを嗅いで吐き気を堪えなければいけないので、葉奈は時間を潰すために近くの書店に入った。無意識のうちに出産や子育ての雑誌に目がいってしまう。今までまったく気にしていなかったせいか、その種類の多さに驚いた。

（そういえば、最近赤ちゃんを連れた人たちが多くなったって感じてたけど、ただ単に私が気づくようになっただけかもしれない）

周りが変化したのではなく、自分が変わったのだ。そんな新鮮な発見をしながら、約束の時間がきたことを確かめ、葉奈は店に向かった。

店内を見回して湊の姿を探していると、丁度湊が店に入ってきた。おめかしした葉奈とは真逆の、近所にでもちょっと出かけるようなスウェット姿だ。

湊はさっさと葉奈を追い越して、いつも二人で座っていた窓際の席に着く。それだけのことで、葉奈は頬が上気するのを覚えた。

「湊！」

声をかけて向かい側に腰を下ろすと、湊はちらと葉奈を見て「よお」と不明瞭な声で呟《つぶや》いた後、横を向いた。

久しぶりに会った湊は、一瞬別人のように見えた。ずっと側にいたはずの幼馴染ではなく、見知らぬ他人のような壁を感じたのだ。

（初めて見る顔……。今までも不機嫌な顔なんてたくさん見てるはずなのに、何か違う）

あからさまに面倒くさそうで、投げやりな目で葉奈を眺める湊。心が不安と困惑に掻《か》き立《た》てられる。

それでも、こうして顔を見られただけでホッとした。直接的な連絡手段を断たれ、一時は一生会えないのではと焦ったものだ。

しかし不機嫌な顔をしていても、やっぱり湊は可愛《かわい》い。顔の造作が整っているわけでもないのに、他のどんな男よりも可愛く、かっこよく見える。艶のある肌の質感、口元にあるささやかなほくろまでもが愛おしい。どうしてこんなにも湊が際立って素晴らしく見えるのか、葉奈自身にもわからない。あんな目立たない普通の人にどうしてそんなにずっと夢中でいられるの、と聞かれたこともあった。遺伝子レベルで惹《ひ》かれてからずっと恋しているとしか言いようがない。明確な理由などないのだから。

「来てくれてありがとう。忙しかったよね」

「いや、別に。なあ、何、話って。俺、この後予定あるからすぐ切り上げたいんだけど」

「何それ、本当に予定なんかあるの」

「関係ねぇじゃん。なあ、話ないなら俺出るから」

葉奈は順を追って説明しようと思っていたのに、返事を待たずに腰を浮かせようとする湊に焦って、結末を先に口にせざるを得なくなる。

「妊娠したんだよ」

湊が硬直した。葉奈は繰り返す。

「子どもができたの」

「嘘だろ」

「本当。病院行ってきたもん。食べ物口にできなくなって。ほら、ちょっと痩せたでしょ」

湊はギョロリと目を剝《む》いて葉奈を疑わしげに観察する。

「冗談よせよ。避妊してただろ」

「百パーセントじゃないでしょ」

「他の奴《やつ》なんじゃねぇの」

「何言ってんの。私の相手、湊だけだもん。湊の子だよ」

「じゃあ堕《お》ろせ」

息を呑《の》んだ。

湊の顔が見えなくなった。のっぺらぼうのように何もない。

目も鼻も口もない湊の顔から、まるで録音した音声を流すような声が聞こえてくる。

「あのさ、ずっと言おうと思ってたんだけどさ。俺たち別に付き合ってないから」

「え……？」

「何回かやっただけだろ。彼女みたいな顔すんのよせよ。今日はそれ言いに来ただけだから。妊娠だなんだって言われても、俺関係ねぇから」

葉奈は血の気が引いていくのを覚えた。

付き合っていると思っていたのは、まさか自分だけだったのだろうか。湊にとってはただの体の関係で、彼女でも何でもなかったのか。

「そ、んな……何で……」

「何でって？　お前と一緒にいても苛《いら》つくだけだから。ほんと、嫌気差してたんだよ。付き合いだけは長ぇし親同士の繋がりもあるしで、お前が昔から俺につきまとっていい加減しつこいから、前の彼女と別れたときちょっと遊んでみたけど、やっぱ無理」

「無理って……私、何かしちゃった……？　つきまとったって、小さい頃は、そりゃ……でも一方的なだけじゃなかったじゃない。湊だってちゃんと遊んでくれたり」

「お前が一緒に行きたいってくっついてきただけだろ。そういうのをつきまとうっつーんだよ」

「ご、ごめん。そんな嫌だったんだ……。わかった、もうつきまとわない。悪いところあるなら直すから、だから」

「そういうとこだって。面倒くせぇの。うぜぇの。ガキの頃から知ってるから新鮮なとこ一個もねぇし体の相性いいわけでもねぇし、つまんねぇの。わかるだろ。それだけ」

次々に投げつけられるまるで想像もしなかった言葉の数々に愕然とした。

(ずっと好きだったのは、私だけだった。湊はしつこく追いかけてくる都合のいい女だと思ってただけなんだ。彼女と別れて暇だったから遊んでみただけで……相思相愛なんかじゃなかった)

優しかった幼馴染の湊の顔がどんどん崩れてゆく。物心ついたときから大好きだったあの人は、一体どこに行ってしまったんだろう。目の前の人は本当に湊なんだろうか。いや、違う。彼はこんなひどいことを言う人じゃない。じゃあ、どんな人だったんだろう。自分の覚えている彼は、誰なんだろう。目の前の人は同一人物なんだろうか。もう、何もわからない。

「そういうことだから、もう連絡してくんなよ。俺、関係ねぇから。それじゃ」

湊は何も注文しないまま出ていこうとする。思わず引き留めようとして伸ばした手を振り払われ、葉奈はよろけて床に尻餅をついた。湊は一瞬鼻白んだように立ち止まったが、葉奈が涙目で見上げていると舌打ちをして去っていった。

葉奈は呆気《あっけ》にとられしばらく立ち上がれなかった。こんなことになるなんて思っていなかった。妊娠を告げて仲直りするはずだったのに、まさか堕ろせと言われて振られてしまうなんて。

「ひでー男。最悪」

「女の人、可哀想《かわいそう》」

囁《ささや》かれる声。見知らぬ他人でも、今の一幕で二人の関係は丸わかりだ。妊娠した彼女。逃げた彼氏。でも、本当はそうじゃない。湊はそんなひどい人じゃない。きっと何か事情があるのだ——。そう思いたかった。けれどどう見ても、自分は捨てられたのだ。

周囲の客の好奇心丸出しの視線が注がれる中、葉奈はノロノロとソファ席に座り直した。明らかに新品の、とっておきのワンピースが惨めだった。躊躇いつつ注文を取りに来た店員に適当にクリームソーダを頼んだが、目の前に置かれたグラスの中身をストローで控えめに啜《すす》ると、やはり泥水のような味がした。


自分が捨てられたという事実を認められずに、時間ばかりが過ぎた。長い間見てきたはずの湊のことが、あの日以来何もわからなくなってしまった。

どうにかしてもう一度話したい。あんな短い時間ではなくて、きちんと膝を突き合わせて話し合いたい。その思いが強くなってゆく。何しろ、これは自分たちだけの問題ではないのだ。葉奈の体にはもう一人の命がある。父親が近くにいなくても、葉奈のお腹《なか》の中で赤子は育ってゆく。

（堕ろすなんて、絶対にできない。湊とのことがだめになっても、赤ちゃんだけは絶対産みたい）

けれどその切なる望みすら叶《かな》うかわからない。相変わらず葉奈はろくにものが食べられていないのだ。

次第にゼリー飲料すら飲み込むことができなくなり、水にも妙な後味を感じるようになった葉奈は、職場の同僚から心配されるほどに日々痩せ細っていった。

「一体どうしちゃったの。具合、悪いんじゃないの」

直属の上司にそう訊《たず》ねられれば、隠し通す気力もなく、実はつわりで、と白状する。

するとすぐに彼は最大級の理解を示してくれた。

「無理せずに休みなさい。有給もほとんど使っていないし、仕事は気にしないでいいから」

話はすぐに広まり、同僚は口々におめでとうと言ってくれる。

「妊娠したんだって？　相手、あの彼氏なんでしょ」

「う、うん、そうなの……」

「おめでとう！　赤ちゃんのために、本当に休んだ方がいいよ。赤ちゃん守れるのはお母さんしかいないんだから」

葉奈が休むことで負担が増えるはずの同僚たちが口々におめでとうと言ってくれて、なんていい職場なんだろうと胸が温かくなる。本当はその『彼氏』に捨てられたことなど到底言えず、心苦しかった。

実際、葉奈の体が限界に達していることが他人からも一目瞭然なのだろう。外を歩いていると行き交う人々がギョッとした顔で葉奈を見ることが多くなっていた。体重計には怖くて乗れなかった。

「何でもいいから、食べられるもの見つけて食べて。このままだと入院してもらうことになるよ」

のっぺりした白い顔の医師が、横になって点滴を打たれている葉奈に平坦《へいたん》な声で告げる。

「ポテトフライだけは食べられるなんて妊婦さんもよくいるし。栄養なんか考えず、口にできるものならいいんだよ。時々土が食べたくなったり、食べ物じゃないものが欲しくなっちゃう人もいるけどね。それは体がミネラルを欲してるとか、ちゃんと理由はあるから。変なもの食べたくなったら、それは相談して」

実際症状がひどすぎて亡くなってしまう人もいるらしい。死んでしまうのは嫌だ。せっかく授かった命を産んであげたい。

葉奈は何とか食べられるものを探そうとしたが、どれもこれも臭くて口に入れる前から吐きそうになる。それでも何も食べなければ赤ちゃんが可哀想だ、と無理やり口に押し込んで、ほんの少しの栄養でも吸収されるようにと、しばらく我慢してから吐いていた。

医者の言うように、もしかすると食べ物でないものが欲しいのだろうか、と土や植物やアスファルトを眺めてみても、別段熱烈に食べたいという欲求も起こらない。

それに、やはり変わらず湊とも連絡がとれていない。喫茶店で別れを告げられてからもう一ヵ月が経《た》つ。自分の体調が思わしくないこともあいまって、どうにかしてもう一度話し合わなくてはという焦りが強くなる。

(湊が本当は優しいの、私は知ってる。小さい頃からずっと見てるんだもん。何回も冷たくされた。だけど最後にはいつだって湊は優しくしてくれた。今回のことだってきっとそう。いきなり妊娠の話なんかされて、びっくりしちゃっただけ……)

このまま音信不通になるわけにはいかなかった。できればいちばん幸せな形で家族になりたい。そうなるための努力がまだ自分には足りないと感じていた。

(湊は傍《はた》から見れば気まぐれで移り気だけど、いつも迷ってるだけなんだ。感情的になることもあるしよく誤解されるけど、本当は優しい湊。そんな湊をわかってあげられるの

は、私だけ）

湊ははっきりと別れを告げた。妊娠した葉奈に堕ろせとまで言った。客観的に見ればひどい話だと思う。しかしそれはすべて湊のせいなんだろうか。そう言わせたのは自分でもあると葉奈は思った。反省し、もう一度話し合えばきっとどうにかわかり合えるはずだ。その希望を捨てられなかった。

葉奈はお腹を撫でながら、自分の中で息づく小さな命に語りかけた。

「ごめんね、ダメなママで……。何とかちゃんと食べて、ちびちゃんに栄養届けるからね。きっとパパとも仲直りするから、そしたらいっぱい話しかけてもらおうね」

赤ちゃんに話しかけていると、視界が滲《にじ》む。

このひどいつわりも、湊が側にいてくれたら頑張れるのに。そう思うと、苦しくて涙がこぼれた。街で大きなお腹の女性が男性と幸せそうに連れ立って歩いているのを見れば、どうして私は一人なの、と泣《な》き喚《わめ》きそうになった。

（湊、会いたい、会いたいよ）

湊に会いたい。どんどんその思いは膨らんでいき、それに呼応するように赤子の胎動を感じるようになった。胎児はまるで葉奈を急《せ》かすように腹の中で微細に蠢《うごめ》いている。その度に、葉奈はハッと我に返る。湊を恋しがってばかりではいけない。この子を生かさなくてはいけないのだ、と。

赤ちゃんのために何かを食べたい。けれど食べたいものがどうしても見つけられない。お腹の子も栄養を催促するように盛んに動くようになってきてますます焦る。

料理していても気分が悪くなるので、葉奈はスーパーの惣菜《そうざい》コーナーをうろつきながら、何とか食べられるものはないかと懸命に吟味した。

（きんぴらゴボウ、卵焼き、サラダ、煮物、からあげに漬物……だめ、味が想像できちゃう。絶対食べられない）

具体的に想像するだけで吐きそうになる。考えているだけじゃ時間の無駄だと、売り場の惣菜パックを鷲摑《わしづか》みにして乱暴にカゴに放り込んでいくのを、他の買い物客が薄気味悪そうに眺めている。自分だって変なことをしているのはわかっている。でも、赤ちゃんのために手段など選んでいられない。

エコバッグ二つがパンパンになるほど詰め込まれた惣菜を、帰宅してドスンとテーブルの上に置く。目を瞑《つぶ》ったままパックを並べて手当たり次第に開き、手づかみで口に入れて臭いや味を感じる前に乱暴に飲み込む。

結局、全部吐いてしまった。

頭の中で、何でもいいから食べて、とのっぺりとした感情のない声で医者が繰り返し言う。そろそろ入院だよと。

（入院なんて嫌。まだ湊と話せてないのに。湊に会いたいのに。このまま入院したんじゃ、別れたままになっちゃう）

空腹で意識が朦朧《もうろう》とする。何でもいいから食べなければいけない。理解しているけれど、どうしたらいいのかわからず葉奈は苦しんだ。ともすれば意識を手放しそうになるのに抗《あらが》い、何か楽しいことを考えようと思った。

（そうだ、ちびちゃんのことを考えよう。この子は産まれたらどんな顔になるだろうか。私に似たら目は眠そうな二重で色白で、顎が張っていて少し受け口で、身長は高くて体つきはがっちりして、お喋りな子になるだろう。私は自分が大きいのが嫌いだったから、そこはあまり似ないといいな。でも、湊に似たら男の子でも女の子でも、絶対に可愛くなる。奥二重で顎は細くて、うさぎみたいにちょっぴり出っ歯で。背の順は真ん中あたりで、優しい、社交的な子になるだろうな）

お腹の子どものことを考え始めると、次々にたくさんの想像が浮かんできて、葉奈は夢中になった。

二人が丁度合わさった顔になったらどうなるだろう。湊の小作りな顔のパーツと葉奈の力強い輪郭と、平均的な身長に骨太な体で、お喋りだけれど少し恥ずかしがりや。そんな風になるだろうか。そして口元のほくろはパパにそっくりで。きっとどちらに似ても子どもはパパが大好きになる。だってママがパパを大好きなのだから、子どもだってそうなるに違いないのだ。そして、二人でパパを取り合ったりして。パパは困ったように笑いながらも、幸せそうな表情を浮かべるのだ。

そんな想像をしながら、いつの間にか葉奈は泣いていた。

苦しかった。何もかもがままならない。けれど、諦めるわけにはいかないのだ。

（この子のためにも、私は湊と仲直りしなきゃいけない。どんな湊でも私は受け入れるし、湊が望むなら何にでもなる。私はただ、みんなで幸せになりたいだけ……）

「ちびちゃん。ママ、頑張るからね」

葉奈はお腹に話しかけ、決心して、一目散に湊のマンションへ向かった。湊のことを想《おも》っている間だけは、ふしぎと空腹を忘れられた。

インターフォンを押しても無反応だ。まだ帰宅していない。もしもいつも通りなら、いつも鍵はガスメーターの中にしまってある。それを使って湊の部屋に入った。後ろめたさから、何となく自分の靴をシューズラックの奥に押し込んで見えなくする。勝手に入ったことを怒られるだろうし、しつこいんだよと罵られるだろうけれど、状況は差し迫っているので仕方がない。真剣に話せば、湊はきっとわかってくれる。葉奈は湊を信じていた。

（湊が本当は優しい人なの、私は知ってる。家族や長い付き合いの人には毒づくこともあるけど、私に言ったことだってきっと後悔してるはず）

無人の部屋のそこかしこから湊の匂いがした。懐かしい、と感じると同時に、どこか違和感も覚えた。そしてその理由はすぐにわかった。部屋にあった葉奈の痕跡が消え、新しい誰かの気配がそこら中にちりばめられているのだ。

歯ブラシやコップ、化粧道具に下着。

葉奈はショックで呆然とした。湊にはすでに新しい恋人がいるのだ。

「それでさぁ、俺言ってやったの。別の奴の子どもだろって」

湊の声に葉奈は飛び上がった。帰ってきたのだ。しかも、誰かと一緒に。甲高いハイヒールの音と甘い笑い声がドアの外で響いている。

思わず慌てて電気を消し、クローゼットの中に飛び込む。それと同時に、玄関のドアが開いた。

「あぁ、飲みすぎたわ。本当、あいつのせいでストレス溜《た》まってるからよぉ」

「あんたがこんな飲むなんてちょっと珍しいよね。ったく、面倒見る方の身にもなってよ。あたし明日朝早いんだからさ」

酔っ払った声が聞こえてくる。靴を脱ぎ捨て、もつれるようにリビングルームに入ってくる。電気がつけられると、扉の隙間からソファで女と絡み合う湊が見えた。

「それにしてもひどいね、あんたって。普通そんなこと言える？　妊娠した彼女に別の男の子どもだろなんて」

「だってさぁ、絶対そうなんだって。それか妊娠が嘘。俺ちゃんと気をつけてたんだぜ？」

「けっこう聞くよ、ゴムつけててもできちゃった話」

「お前はあいつを知らないからだよ。マジでストーカーなんだって。ガキの頃は背後霊かってくらい俺のことずっと追っかけててさぁ、マジでずっとだぜ。前の彼女に振られて虫の居所が悪かったときにさぁ、側にいるもんだからついやっちゃったわけ。やってみたら更に面倒なことに処女。そんときも失敗したかなって思ったけど、挙げ句の果てに妊娠とかさぁ、ウザさの極み」

心臓が口から飛び出しそうなほどに大きく鳴った。氷のように冷たくなった指先が震えている。

「ただの一途《いちず》な子じゃん、可哀想。こんな女とっかえひっかえしてるやつのどこがいいんだろ」

「だからぁ、俺は失敗したのよ。お前みたいに軽く楽しめる女がいいわ、やっぱ。重いんだよ、あいつ。もう全部重すぎ。無理なんだよ。人生の過ちでしたぁ」

不幸にも葉奈が目の当たりにしたのは、まったく知らなかった湊の一面だった。

ストーカーだの、処女で面倒だの、人生の過ちだの、信じられない言葉ばかりだ。しかも、葉奈の妊娠が嘘だとまでうそぶいていた。

（ひどいよ、湊……ひどすぎるよ）

涙があふれて止まらない。湊と女はそれから卑猥《ひわい》な話で盛り上がり、笑いながら粘ついた音を漏らし始めた。湊の部屋のクローゼットに隠れている自分と、見知らぬ女とセックスを始めた湊。これじゃ本当にストーカーみたい、と唇が笑みの形に歪《ゆが》んだ。

どこまでも残酷な展開に叫び出しそうになりながらも、必死でハンガーにかかっている湊のジャケットを握り締め、顔を埋めて、何も見まい、聞くまいとした。すると、その生地から湊の懐かしい甘い体臭が立ち上り、葉奈の鼻孔を満たす。久しぶりに嗅ぐ、大好きな湊の匂いだった。ふいに、頭が煮えたように熱くなり、体中の血が沸き立つ熱気に包まれた。

湊のうめき声が聞こえてくる。自分としているときとまったく変わらない声だ。心臓が大きく跳ねた。葉奈は思わず扉の隙間から外を見た。

女が湊の上に乗っている。クローゼットからは繋がっているところがよく見えた。女はあまり声を出さなかった。甲高くなってゆく湊の声ばかりが聞こえてきた。それとくちゃくちゃと汚らしい水音。まるで下品に口を開けて何かを咀嚼《そしゃく》しているような音だ。女が股の間でよだれを垂らしながら湊を貪っている。何度も何度も味わうように上下しながら湊を搾りたて、大きな音を立てて啜り上げている。

気づけば葉奈は湊の服に鼻を押し当て深呼吸しながら、瞬《まばた》きもせずに凝視し、湊の声と音を聞いていた。指先がわなわなと震え、吐息が乱れ、服がぐっしょりと濡《ぬ》れるほどに汗をかいていた。

くちゃくちゃくちゃくちゃくちゃ。

女が呑み込む。湊が喘《あえ》ぐ。延々と続くその作業の果てに、貪られていた湊が哀れな声を上げた。葉奈は慄然とし、絶頂のような恍惚感《こうこつかん》に打たれて痙攣《けいれん》した。肌が粟立《あわだ》ち、痩せて背骨が浮き出た背筋を汗が伝うのを感じた。

ふいに、女がこちらを振り向いた。女は葉奈の顔をしていた。口から悲鳴がほとばしりかけた。

(何、これ。私、何見てるの)

急速に意識が遠のき、葉奈はクローゼットの壁に寄りかかり、ズルズルと頽《くずお》れた。

意識が戻ったとき、部屋の灯《あか》りはまだついていた。

女はすでにいなかった。帰ったのだろうか。ソファの上では湊が貪られた格好のままいびきを立てていた。

葉奈はゆっくりとクローゼットから出た。こんな目にあったのは、きっと自分への罰だと思った。湊に執着するあまりに現実を見ようとせず、自分に都合のいい姿だけを信じ続けてきた罰。

(子どものため？　ううん、そうじゃなかった。私がそうしたかったから。私が、湊と元に戻りたかったから)

どうして湊を優しいと思ったのか。昔から突き飛ばされたり罵倒されたり、何か意地悪をされる度、いつもその後に優しくされていたからだ。湊にしてみれば大人の目を気にして取り繕っただけなのだろうが、大好きな湊に優しくされれば、その前にされたことなど忘れてしまった。

成長してからも二人の関係性は変わらなかった。葉奈が子どもの頃からずっと変わらずに、何をされても少し甘く声をかけられるだけで言いなりになっていたので、湊も葉奈をそういう簡単に言うことをきく女としか思わなくなったのだろう。大人になれば気づけたはずのその歪んだ関係を、葉奈は疑問にも思わなかった。そのつけが今になって回ってきたのだ。

そして赤ちゃんができた後も、その大切な存在を大義名分にして、いもしない優しい恋人とよりを戻そうとした。今まで隣にいたのは、葉奈を愛してなどいない、ただの自己中心的な男だったというのに。この結末は、そんな男を信じ続けた馬鹿な女への罰だ。

「ん……、え……っ、嘘だろ、葉奈……⁉」

ぼんやりと立ち尽くして湊の寝顔を見ていたら、いつの間にかその瞼《まぶた》が開いていた。まだ酔いの色濃く残るどろんと淀《よど》んだ目が葉奈を見上げている。

「お前……何でいんだ。何してんだよ」

「ごめんなさい。話し合い、したくって……」

喋っている自分の声が遠くに聞こえた。

湊を見ていると、あの女に搾取されていたあの光景が頭に浮かび上がってくる。泣いているような甘い声。濡れた音。途端に、あの妙な熱気が再び葉奈を包み込む。

「話し合いって何なんだよ。もう話すことねぇだろ」

「うん……、そうだよね。もう、いいの」

「何だ。何がもういいんだよ」

湊の表情に嫌悪が浮かぶ。

「お前、自分は被害者みたいに考えてんじゃねぇの。違うから。ストーカーはお前で、俺が被害者だから」

「そんなこと、してないよ」

「してんだろ。勝手に部屋に入ってたじゃねぇか。それに、その妊娠だって嘘なんだろ」

ほんの僅かに膨らんだ葉奈の腹部を見て、湊は舌打ちする。

「何入れてんだよ、それ。本当面倒くせぇな、お前」

「何も入れてないよ」

「嘘つくんじゃねぇよ、ストーカー」

湊はゆらりと起き上がる。目が据わっていた。葉奈が今まで見たことのない、暴力的な空気を纏《まと》っている。

「そういや、お前、俺の実家に電話してたよな。まさか、俺の母親にまで妊娠したとか言ったんじゃねぇだろうな」

「言ってない。言えないよ、そんなこと」

「周りに言いふらすつもりだろ。近所に宣伝して回るんだろ。そうやって逃げられなくするつもりなんだよなぁ。嘘も言い続けりゃ本物になるもんな。嘘じゃなくても……嘘にするしかねぇよな」

言うやいなや、湊は葉奈に襲いかかった。葉奈の腹部を足で思い切り蹴り上げたのだ。葉奈が反射的に体を引いたため、かすった程度で済んだ。湊はまだ酔っているために足下がおぼつかない。

葉奈は驚愕《きょうがく》して湊を見た。湊は真っ赤に充血した目で、薄ら笑いを浮かべていた。

「何するの！　やめてよ！」

「潰れろ、潰れろ。なくなっちまえ。こんなもんが出てきたら、面倒どころじゃねぇだろ」

湊は攻撃を止めない。葉奈を壁際に追い詰めて腹を蹴ろうとする。葉奈は必死でそれを躱《かわ》しながら悲鳴を上げた。

「やめて、湊。赤ちゃんが死んじゃう」

「死んで欲しいんだよ。なくなって欲しいんだよ。お前の妄想なんか現実にするわけにいかねぇんだよ。俺の人生、メチャクチャにすんじゃねぇよ」

湊は喚きながら、目の前の悪夢から覚めようとするように無我夢中でもがいていた。

葉奈も腹の命を守るために必死だった。突然凶暴な怪物になった湊から死にものぐるいで逃げながら、とうとう部屋の隅に追い詰められた。

湊の目が笑った。蹴られる。赤ちゃんが殺される。

頭が真っ白になった。気づけば葉奈は、ありったけの声で獣のように絶叫しながら湊に食いついていた。

湊はギャッと声を上げ、頬を押さえてよろめいた。指の間から血が流れ出る。

これ以上ないくらい目を見開いて葉奈を見ていた。葉奈は呆然としながら、口の中に何かがあるのに気づいた。頬を伝っているのは湊の血だろうか。反射的に、舌に乗っているものを噛んだ。

くちゃ。

意外に、歯ごたえがある。

くちゃくちゃ。

弾力があって、肉汁があふれて、美味しい。

それに、たまらない香りが鼻を甘く抜けていく。

くちゃくちゃくちゃくちゃ。

それに、この音は。

気づけば、葉奈は夢中でそれを咀嚼していた。ゆっくりと味を、匂いを、感触を堪能《たんのう》し、名残惜しげに飲み下した。その瞬間、甘美な痺《しび》れが腹の奥から脳天まで駆け上がった。

湊が真っ青になり震えている。

葉奈の腹がぐるると大きく鳴る。それは空腹によるものか、それとも胎児の歓喜の声か。

（ああ、ちびちゃん。やっと見つけたよ）
次第に、葉奈の目は爛々《らんらん》と輝き始めた。

ジンとシャリ

女の薄い瞼《まぶた》が細かく痙攣《けいれん》し、やがて夢から覚めたようにうっとりと開かれる。

「すみません、私、気絶していましたか」

気遣う男の首に女の白い腕が蛇のように絡まり、濡《ぬ》れた薄く赤い唇がその可憐《かれん》さを裏切る獰猛《どうもう》さで男に吸いついた。

「ああ、抜かないで。ずっとあなたを感じていたいのです」

女の甘さを含んだ濡れた声と細やかな指先の動きで、男の下腹部は容易《たやす》く再び熱を孕《はら》む。女は嬉《うれ》しいのか悲しいのかわからない独特の愁いを帯びた表情を滲《にじ》ませ、「嬉しいです」と囁《ささや》く。

「また殺してください、私を。何度も、何度も。あなたの指で。熱く冷たい体で」

女は変わった言い回しをする。しかし切羽詰まった男にはどうでもいいことだ。

大人しそうな外見に反して、最初に男に声をかけてきたのは女の方だった。少しカフェで話した後、すぐにこういう展開になった。

女は最初からその切れ長の目にあかあかと激しい情欲を燃やしていた。

ふしぎな女だった。言葉も表情も淡々としているのに、抑えきれない衝動が全身から匂い立つようだった。

「私を殺してください」

ホテルに入って最初に言われた言葉にギョッとして後ずさると、女は笑って男をベッドに押し倒した。

女は驚くほど性急に男を欲しがった。そのほとばしるような情熱に男は圧倒され、嵐に巻き込まれるように果ててしまう。熱の冷める間もなく、女の巧みな誘導に、気づけば二度目の交合は始まっていた。

素晴らしいです、と女は繰り返す。

「あなたはこれまでで最高の人。信じられないほどです」

演技なのかもしれないと頭の片隅で思いながらも、女の蜜のような言葉は男を昂揚《こうよう》させ、女の促すままに乱暴に何度も深く突き刺した。

女の繰り返す「殺して」「死ぬ」という台詞《せりふ》は男の感覚を麻痺《まひ》させ、まるで本当にこの行為が女を死に追いやるもののように錯覚し、しかしそれがとてつもない快楽なのだった。

女は幾度も気絶し、その短い「死」を男も堪能《たんのう》し、酔《よ》い痴《し》れた。

行きずりの女に誘われた淫靡《いんび》な殺人遊戯。その奇っ怪な魅惑に搦《から》め捕《と》られるように、男は女の白い体に埋もれていった。

＊＊＊

あの、今更こう言っては言い訳のように聞こえると思うんですけれど、私、誰にでもこういうことをしているわけじゃないんです。どういうわけか、交差点で信号待ちをしていたあなたに気づいた瞬間、どうしても我慢できなくなってしまって。笑わないでください。私、真面目なんですよ。あなたはとても魅力的で、もういてもたってもいられず声をかけてしまいました。あなたのその手に触れられたいという欲望が津波のように喉元まで込み上げて、肌がカッと熱くなって、火を噴いてしまいそうだったんです。自分でも戸惑いましたよ。こんなこと、多分初めてだったと思います。信じられませんか。ええ、信じてもらわなくてもいいんです。ただ、私の感動を、衝動を、お伝えしておきたかっただけなので。

どこに惹《ひ》かれたか、ですか。どことは言えません。あなたをひと目見て釘《くぎ》づけになりました。なんて美しいんだろうと。目が離せなかったんです。え、言われたことがありませんか。初めてだと。そうですか。ええ、ふしぎなことじゃありません。私、人とは見えているものが違っているらしいので。いえ、決してあなたの見た目がどうこうではないんです。あなたは素敵な外見だと思います。背が高くって、気さくで、親しみやすくって、爽やかで。今流行《はや》りの、塩顔というんですか。俳優には疎いので名前はわからないんですが、最近テレビでよく見る人に似ています。ええ、とても素敵ですよ。でも、私が見ているのはそこではないんです。顔の造作がどうのというんじゃないんです。

あの、ところでジンとシャリってご存じですか。

ごめんなさい、いきなりこんな話をして。いいえ、なぞなぞなんかではないんです。どちらも盆栽の言葉なんですよ。枝幹が白骨化したものを指すんだそうです。普通は枝をジン、幹をシャリと呼ぶんだとか。ジンは神と書いて、シャリは校舎の舎に利益の利で『舎利』。『舎利殿』など聞いたことはないですか。そう、仏教みたいですよね。白骨化した木を生きている木と絡ませて死生観を表すらしいので、通じるところがあるんじゃないでしょうか。

私みたいな女が盆栽の話をするのはおかしいですか。確かにそうですよね、行きずりの男性と関係を持つような女ですから。いいえ、卑下しているわけじゃないんですよ。自分でもおかしいと思っているから言っているんです。

そう、パッとあなたを見て思い浮かんだのがジンとシャリの美しさでした。だからさっき唐突にお話ししてしまったんですけれど。寝物語には似合いませんよね、ごめんなさい。でも、こんな妙な女と出会った縁だと思って、ひとつ聞いてやってください。え、むしろ私の話がもっと聞きたい、と。ああ、嬉しいです。一方的にお喋《しゃべ》りしているだけですけれど、そんな風に言っていただけて。飽きたら他のことをしてもいいですし、眠くなったら寝てもいいですし。私、一度話し始めると止まらなくなってしまうんです。

とてもこんなことをするようには見えなかった、ですか。それは褒め言葉と思っていいんでしょうか。そうですか、品があるように見えたんですね。でもそんなものはただの雰囲気でしかなかったことは、もうおわかりでしょう。

ええ、実はよく言われるんです。お嬢さん育ちでしょうとか、もっと世間知らずだと思ったとか、奥手そうだとか。そんなものは私の生まれ持った顔つきを見ただけの先入観でしかないんですけれど。あとは、誰にでもこうして敬語を使ってしまうことでしょうか。友だちになったとしてもなかなか直らないんですよ。こうして肌を重ねた相手に対しても、気安い言葉は使えないんです。どうしてかは自分でもよくわかりません。人に親しめない、冷たい人間なんだと思います。そういうところが浮世離れしているような、箱入り娘のような印象を与えるんでしょうね。

実際の私の家は裕福でも何でもありません。ごく普通のサラリーマンの家庭で、私も一般的な暮らしを送ってきました。今は一般的な中小企業の事務職に就いています。私、本当にすべてが普通なんです。学校も平均的なレベルのところをとおってきました。

年齢ですか。いいえ、構いませんよ。今年三十になりました。ああ、同い年でしたか。それは奇遇ですね。あなたは学校の先生をされているんですよね。私立高校で数学を。素敵です。でも、先生は大変でしょう。私なんて楽なものです。言われるままにはいはいと動いていればいいんですから。だけど、子ども相手ではそう簡単にはいきませんよね。ああ、今どきの高校生はきっともうとっくに大人になっているんでしょうね。そうすると、ますます教えるのも大変そうです。皆口が達者なんでしょうから、私なんて、生徒にいじめられてしまいそう。

上司もよく私に嫌なことを言うんです。もう慣れてしまいましたけれど。そう、セクハラですね。パワハラもです。会社ではあまり口をきかないので何を言ってもいいと思われているのかもしれません。もしくは、この大人しそうな目鼻立ちのせいでしょうか。え、美人だなんて、ありがとうございます。私は自分の顔に興味がないもので、何というか気恥ずかしいものですね。でも、印象に残らない顔だとも言われます。あるいは、どこにでもいそうな顔なので、友だちや知り合いに似た人がいると言われることもあります。そう言われると、私ホッとするんです。目立たないことはいいことですから。

実は、私には双子の妹がいました。外見は同じでしたけれど、性格は少し違っていたようです。私の方が活発で、妹の方が大人しかったと母は言っていました。その妹を、川の事故で亡くしてしまったんです。四歳くらいでした。家族でキャンプに行き、最初の日にバーベキューの準備をしていた折のことです。私はそのとき母と近くのスーパーに一緒に買い物に行っていて、何があったのか知りません。よく覚えているのは、私たちが戻ってきたとき、溺れた妹を必死に引き上げて担ぎ上げた父の、筋肉の盛り上がった褐色の肌と、そこにへばりつく妹のほっそりとした真っ白な腕の対比でした。もちろん私は驚いて泣き叫んでいましたけれど、その光景が未《いま》だに目に焼きついているんです。あの白と黒の美しさ。生と死の共存。まるでジンとシャリのように。

そう、ジンとシャリのことでした。あの、盆栽はお好きですか。そうですか、興味がない。ええ、普通はそうだと思います。日本では大体老人の趣味と思われていますよね。海外では盆栽が好きだというと、インテリの証明のような高尚なことにもなるようですけれど。おかしいですよね、そんな風に思われているなんて。いえ、もちろん奥が深い世界だとはわかっているんですけれど。

実は私も特に好きではないんです。盆栽のことは祖父から教わりました。随分凝っていて幼い頃から色々と聞かされてきたんです。でも、あれって小さな木を捻《ね》じ曲《ま》げたり変に弄《いじ》ったりして、なんだか木が可哀想《かわいそう》な気がしてしまいます。まるで纏足《てんそく》のようじゃありませんか。ご存じないですか、昔の中国の女性の小さな足。女の足は小さければ小さいほど美しいとされて、幼い頃に指を内側に折り曲げてきつく締めつけてしまう風習です。そう、人為的に奇形を作るんです。それに、昔のヨーロッパの女性がつけるコルセットもそうです。細い腰であればあるほどよいので、毎日ひどく絞り続けなければいけない。そう考えると、盆栽は女性なのかもしれません。生きている自然の形ではなくてそれを美しさのために捻じ曲げてしまう。女性も盆栽も通じるところがあるように思えます。

すみません、話が逸《そ》れましたね。祖父から聞かされた盆栽の話ですけれど、ほとんどよくわからない内容でした。でも、その中でジンとシャリのことだけは妙に覚えているんです。だって死んだ木と生きている木を絡ませるんですよ。びっくりするでしょう。

最初は、どうしてこの木は白いのと聞いたような気がします。すると祖父がこの木はもう死んでいるんだと話すものですから驚きました。しかも、生きている木と死んでいる木は同じ木だというのですから、突然冷水をかけられたように背筋がゾッとしたものです。

想像できますか。あなたの一部は死んでいるんです。あなたはまだ呼吸をしているというのに、朽ちた部分を抱えながら生きていくんですよ。もう蘇《よみがえ》ることのない自身の一部と共存していかなくてはならない。

そう考えたら、私はもうたまりませんでした。怖くて泣いてしまいました。けれど、怖いのに、とても惹かれるんです。だって、その死んだ部分はあまりにも美しかった。白骨化というに相応《ふさわ》しい真っ白な色をしているんです。まだ水を吸う生きた黒い木に絡みつくその蒼白《そうはく》の肌がひどくなまめかしくて、却《かえ》って生き生きとして見えて、白骨化した木の方がよほど生命の輝きに満ちているように見えたんです。

子どもにしては変わった感性だと思いますか。ええ、そうですよね。私も普通の女の子だったら、こんな風には感じなかったと思います。

あの、どうしたんですか、そんなに複雑そうな顔をして。え、あなたも水の事故で恋人を。そうですか、恋人ですか。それは本当に、言葉もありません。それじゃ、私がこんな話をし始めて心底驚いたでしょう。ですが、それで私はあなたに惹きつけられたんです。あなたの生命力と、そしてあなたの隣にいた誰かの死の気配を感じたから。


もうすでにおかしな女と思われていることは承知の上ですが、私にはどうしようもない奇妙な性癖があるんです。自分でも長いことよくわかっていなかったんですけれど、そこにはある法則があることを高校に上がった頃に自覚しました。それは、私は死の匂いが感じられるものにしか興味を惹かれないということです。そして、生と死が共存していることを視覚的に捉えることで、最も興奮してしまうんです。

そもそも死に興味を持ったきっかけは、やはり妹の死でしょうか。たとえばあらゆる生き物の死骸、墓地、仏壇、喪服、線香の匂いなどに触れると、形容し難《がた》い昂揚感が突き上げてきます。普通ならば忌避するような不吉なものにばかり興味を覚えてしまうんです。子ども心にも、これはあまり人には言わない方がいいことなのだろうと察しがついて、大人たちには打ち明けたことはありません。

ただ、概して子どもという生き物は、そもそも住んでいる世界が生と死の間にあるような気がしませんか。田舎では昔よく神隠しなどと呼ばれて子どもが失踪することがあったそうですけれど、七つまでは神のうちとも言いますし、成熟した大人よりはずっと向こう側に近い存在なのでしょう。ですから、私が死の匂いのするものに興奮するように、他の子どもたちも怖いもの、触れてはならないものが大好きだったように思います。

よく覚えているのが『葬式ごっこ』です。一人が死体役になって棺桶《かんおけ》のような箱に入り、お花やお菓子をいっぱい入れます。そして他の人たちが泣き真似《なまね》をしたり、あの人はこういう人だった、よく一緒にあんなことをした、などと言い合うのです。今考えると一体何が面白いのか、と思うのですが、子どもたちにとっては死そのものが刺激的であり、その疑似体験をすることが楽しいのです。

葬式ごっこに似ていますが、死体ごっこもやりましたね。大体その前に寸劇のように殺人ごっこをしたり、あるいは互いに動物になって食ったり食われたりしたり。そうして死体役になった子どもは何をされても動いてはいけないのです。ほとんど罰ゲームのようなもので、顔に泥を塗りつけたり葉っぱをかぶせたり、落書きをしたり、皆で笑いながらひどいことをしましたね。でもそれはゲームですから、された方も笑って許さなくてはいけません。

皆死体役は嫌がりましたけれど、私は率先して立候補しました。幼いながらにエロティックなものを感じていたからです。目を瞑《つぶ》って横たわる私に皆が好き放題なことをする。今思い返しても胸がときめきます。私の上でヒソヒソと囁かれる声、クスクスと笑うさざなみのような音、私にそっと触れていく手や、産毛《うぶげ》をささやかに揺らす生温かな呼吸、ふわりと肌を撫《な》でてゆくスカートの裾の感触。私は何とも言えない心地で、恍惚《こうこつ》としてその官能的な時間を受け取っていました。実際の死体ならばもちろん五感はないはずですからそうは感じないでしょうけれど、まるで自分が本当に何をされても動けない体になってしまったかのような、死の世界に半身を浸しているかのような、甘美な悦楽を味わっていたことを思い出します。

あなたはそういった遊びはしませんでしたか。ああ、サッカーや野球ばかりでしたか。男の子はそうかもしれませんね。では昔、「自分が死んだらどうなるのだろう」と考えたことはありませんか。親兄弟は悲しむだろうかとか、きっと自分にあんな仕打ちをしたことを後悔するに違いないとか。そう、ありますよね。家出をしてやろうかとか、死んだふりをしてやろうかとか。不本意にひどく叱られてしまった後なんかは、見当違いな復讐《ふくしゅう》を考えて気を紛らわせますよね。死んだ自分に縋《すが》りつきながら、あんなに怒らなければよかった、たくさん甘やかしてやればよかった、好きなお菓子をたくさん食べさせてやればよかった、どうか許してくれと泣き叫ぶ親の姿を想像して溜飲《りゅういん》を下げる。子どもたちは頻繁にそんなことを思い浮かべてはうっとりするのです。幼さゆえに何も考えずに死んじゃえとか死んじゃおうかななどと言いますけれど、それだけ子どもにとっては死というものが身近で、簡単に手が届くもののように思えるのです。

けれど、他の子どもたちと私では決定的に違うことがありました。それは私のこの性癖が長じても消えなかったことです。それどころかますます大きな欲求となって絶えず私の中に存在し続けました。私は相変わらず死に関するものに惹きつけられ、吸い寄せられてしまい、憧れているのです。それは人間関係、特に異性関係において顕著でした。

どういうことかというと、有り体に言えば好意を覚える相手やお付き合いする相手に医者やお坊様や葬儀屋などの職業が多いんです。笑いましたね。そんなにおかしいですか。でも私にとってはかなり重要なんです。そういった職業、つまり死が必ずつきまとってくるような場に立っている人たちであるということは、私にとっては例えようもない魅力なんです。死を纏《まと》う男性との交わりは、あたかも死そのものと重なり合っているかのような錯覚を与えてくれます。生と死の共存にこの世の至上の輝きを見出《みいだ》す私には、それは素晴らしい快楽へと繋《つな》がるように思えるんです。

彼らと話をする前から私には予感のようなものがあるんですが、実際にそういうお仕事をされている方だとわかると、たちまちのめり込んでしまいます。そして、死にまつわる話を貪るように訊《たず》ねてしまう。

私のような女が珍しいのでしょう、男性は最初は喜んで話してくれます。普通はそんな不気味な話は聞きたがりませんものね。中でもとても興奮したのがまだ医者になりたての若い男性が話していた解剖の話でした。人体の勉強として、死体を実際に切り刻むんですね。そのとき目の前にある死体でどの部位がいちばん怖いかというと、手なんだそうです。

よくわかるような気がしませんか。人の手って、もしかすると目や口よりも表情に富んでいて豊かに感情を表す部位かもしれません。だから、すでに死んでいるとわかっていても、今にも動き出しそうで恐ろしい。それが手なんだそうです。

私にとって手は、最も好きなパーツです。女性はよく男性の身長や肩幅や胸板などを好きだと言いますよね。もちろん、血管が浮いていたり節くれ立ってごつごつとした手が好きだと言う人や、反対に男性なのに美しい細い手をしているのが好ましいと言う人もいます。

私がなぜ手が好きなのかというと、それが最も死に触れてきた部分だからです。先ほども言いましたが、死に関わる仕事をしている人たちは、これまで多くの死にその手で接してきたわけですよね。その経験を手は覚えていると思うんです。死に触れてきた記憶を、その手が、指が、皮膚が、刻んでいるはずなんです。

そのことを想像するだけで私はすっかり頭がのぼせてしまって、頬が熱くなって、たちまちエクスタシーに呑《の》み込《こ》まれてしまいます。この人は数多《あまた》の死に触れてきた手で私を愛《あい》撫《ぶ》しているんだ。そう思うと、自分でも驚くような感覚に陥ってしまうんです。

その指が私の皮膚に触れる。すると指先から僅かに残った死の冷たさがしんしんと私の体内に染み込んできます。もちろん彼の手は熱いのですけれど、その熱さがますます凍《い》てついたあの感覚を引き立たせ、彼から送り込まれた死の記憶が私の奥深くまで徐々に根を張ってゆくような心地になります。生きながらにして死に搦め捕られる、あの白と黒の対比――それはまさしくジンとシャリの疑似体験です。触れられた場所を起点に死の色が私の細胞からひとつひとつ生気を奪い取ってゆくような、甘美な戦慄。ゆっくりと死に冒されてゆく例えようもない悦楽は何度味わっても飽きることはありません。

あなたも何か危ない目にあったり、間一髪で難を逃れたりしたとき、ヒヤリとしたものを覚えるでしょう。足下からゾッと冷たいものが上ってくるような、奈落へ落ちる感覚を一瞬味わってしまったような。あの寒気に似ているかもしれません。

私は引きずり込まれるような冷気に鳥肌を立てながら、同時に身内からあふれる官能の炎に全身を焼かれているのです。彼の手が私の敏感な場所、弱い場所に強く、深く触れるほどに死の恐ろしい冷酷さは率直に快楽の湖面を揺らします。私は身悶《みもだ》えずにはいられない。私の本能は死の危険に脅かされていると察知し、のたうちまわってそのひたひたと忍び寄る昏《くら》い影から逃れようとするのです。今にも本当に死んでしまいそうな、その追い詰められる感覚こそが際立った快感、絶頂なのです。

ああ、先ほどもそうでしたね。こうして我に返ってしまうと本当に恥ずかしい。でも、絶頂は実際に死の瞬間と似ていると思うんですよ。肉体はまだ生きているのに、精神だけが違った世界の狭間《はざま》に落ちる恐怖というか、未知の領域に放り投げられてしまうかのような、踏み込んではいけない場所に入ってしまう禁忌の快楽が根底にあるんです。私、死ぬ、死ぬと叫んでしまうの、癖なんですけれど、そう口にすることでますます昂《たか》ぶってしまうんです。

いいえ、自殺願望があるわけではありません。ただ、私は死に憧れのようなものを抱いていて、その疑似体験をすることで官能を感じるんです。死って究極の『極み』じゃありませんか。最果てでしょう。よく死ぬほどの思いだとか、死ぬ気で頑張ったとか言いますけれど、要するにそれくらい限界までという意味ですから、つまり『死』以上のものはないという認識が一般にもあるんだと思います。

だから私自身は、自分が死に憧憬を抱いていてもそれほどおかしなこととは思えないんです。ものごとの究極に位置するもの、それこそ死んでからでないと真実を理解できないものですよ。それを追い求めるってすごくロマンティックだと思いませんか。いちばん恐れなくてはいけないことかもしれませんけれど、誰もが最も知りたいことでもあると思うんですけれど。

私の双子の妹のことが強く影響しているとお思いですか。ええ、そうでしょうね。何しろ一卵性で親でも見分けがつかないほど似ていた姉妹ですから、片方が死の世界、片方が生の世界にいれば互いに惹きつけ合うのは当然のことだと思います。元々ひとつの存在だったんですから。

四歳のときに死に別れてしまったというのに、いつも心のどこかに妹の存在を感じる気がするんです。妹がどんな子だったのか、二人でどんなことをして遊んだのか、ほとんど覚えていないというのに、私は妹を感じている。おかしなことだと思いますが、それが双子というものじゃないでしょうか。だから生と死が共存している、あの盆栽に並々ならぬ関心を抱いたんでしょう。死の香りにこんなにも敏感なんでしょう。

　私のこの感覚を霊感と呼ぶ人もいるかもしれませんが、私にはすべてのそういうものが見えるわけではないんです。その人の纏う死の気配を感じるというだけですから。たとえばその人の運命が見えたり守護霊が見えたりとか、そういう類いのものじゃありません。その人が触れてきた死の数やその重さ、形が見えるんです。たとえば心霊スポットとして有名な場所へ行って寒気を覚えるとか白い影が見えるとか、そういうものとは違います。生きている人間に付随する死の気配だけを嗅覚や視覚で感じ取っているんです。

　だから先ほども言った日常的に死の側にある職業の人はそうと聞く前からわかります。とても芳《かぐわ》しい空気が彼らの周りには漂っているんですもの。そして私はその香りをもっと嗅ぎたくて、そこにもっと近づきたくて、夢中で話を訊《き》いたり、死に触れたその肉体と深く混ざり合いたいと思ってしまうんです。

　死の香りとはどんなものかというと、言葉にするのはとても難しいのですが、たとえば、この世でいちばん美しい天国のような馥郁《ふくいく》たる香りと、この世で最も醜悪な地獄のような嫌悪すべき悪臭とを一緒にした香り、という感じでしょうか。類いまれな芳香の劇薬というか、うっとりするような香りなのに、気づけば全身を毒に蝕《むしば》まれているような。

理解できませんか。そうですよね。私も何と言ったらいいのかわかりません。とにかく、もっと嗅ぎたい、その香りに包まれたいという欲求と、一刻も早くそこから逃げてしまわなくてはいけない、少しもその臭いを吸ってはいけない、という衝動を同時に感じるようなものでしょうか。それがないまぜになると、一瞬前後不覚に陥ってしまうような、それこそオーガズムのような極みに追い込まれてしまうんです。嗅いでみたいですか。そうでしょう。一度覚えてしまえば、もう抜け出せないのです。

ただ、私がその香りを追い求めて接触した皆さん最初は色々と話してくれるんですけれど、そのうちに私があまりに熱心なので気味が悪くなるんでしょう。結局遠からず終わりが来てしまいます。まあ、それも仕方ありませんよね。医者にどんな風に人を救ったのかを聞かずにどんな風に死んだのか、死んだ瞬間はどうだったのかなんて聞きたがるんですから。葬儀屋さんにもどんなお客さんが来るか、どんな苦労があるのかではなくて、どういう遺体が来るのか、それをどう扱うのかなんて具体的なことを聞きたがる。そりゃ、だんだん妙に思い始めますよね。私はそれが目的で近づいているので聞くのは当然なんですけれど、彼らはそんなことは知らないわけですから。しまいにはこんな具合に死がどれほど魅力的な香りを放っているのかなどと語り始める。それで皆さん逃げていきました。まるで死そのものを恐れているかのように。

ええ、ですから、あなたのお話も聞きたいんです。聞きたくてたまらないんです。そうです、恋人のことですよ。あなたとの交わりは今までのものとは比べようがないくらい、素晴らしいものでした。こんな最高のセックスは初めてです。だからぜひとも聞きたいんです。お話ししてくださいますか。もちろん、話したくないということはわかっています。私も、まさか恋人とは思いませんでした。まあでも、そういうことはよくあるんでしょうね。愛情があったからこそ憎しみもまた深くなる。そういうものですものね。

え、憎んでいないんですか。ということは、憎しみゆえの行為ではなかったんでしょうか。何にせよ私はあなたの罪を愛おしく思います。それがなければ、あなたとの情交があんなにも素晴らしかったことの説明がつきませんもの。

どういうことかって、まあ、今更じゃありませんか。殺人ですよ。あなたは彼女を殺したんです。

そんなに驚かないでください。落ち着いて。大きな声を出さないで。私は最初からあなたが殺したことを知っていましたよ。

何です、殺していないと言うんですか。事故だったと。足を滑らせて川に落ちてしまったのですか。深い川で、しかも彼女は泳げなかったと。

そうだったんですか。私はてっきり、あなたが恋人を殺したものと思っていました。いえ、初めは恋人とはわかりませんでしたよ。私はあなた方の関係性までは見えませんので。

え、じゃあ何が見えているのか、ですか。女の子ですよ。セーラー服を着ています。ポニーテールで丸顔で、口元にほくろがありますね。覚えがありますか。職業は先生と言っていたので教え子さんでしょうか。あなたの背中にはその少女の白い腕がジンのように絡みついているんです。生き生きとしたあなたの肌に食い込むように真っ白な腕が巻きついているんです。殺されなければそんな風に爪を立てて憎々しげにしがみついたりしないと思ったんですが、そうでしたか。あなたが殺していないのなら私の勘違いでしたね。勝手なことを言ってごめんなさい。さすがに人を殺した方の話を聞くのは初めてだったものですから、いつにも増して興奮してしまっていました。

あなたはまったく今までの人たちとは違っていました。これまで私は考えうる限りの方法で死と触れ合い、快楽を得ようとしてきたのに、あなたとのセックスではそんな必要はまるでなかった。私の理論と経験など、あなたとの行為の前ではただの虚《むな》しい努力でしかありませんでした。考えるよりも先に、そう、触れられる前に、あなたを見た瞬間、その姿を網膜に映しただけで、私はあなたの匂い立つような死の魅惑に呑まれていたのです。

人をその手で殺したのであろうあなたに抱かれて、数えきれないほど、何度も達しました。恥ずかしいのですけれど、あなたの指が私の服にかかっただけで、私は頂点に到達してしまっていたんです。ええ、私が大きな声を上げて震えたので、あなたは私が拒絶したと思ったのでしたね。違うんです、あれは絶頂の声でした。今までの男性たちのようなただの残り香ではなく、濃厚な死の指紋を感じたのです。そう、死の指紋——それはあなたが直接命を奪い取った証《あかし》です。本物の死です。微《かす》かに漂う気配ではなく、それは確かな実体を伴って私を支配しました。私の肉体の扉は無抵抗のままに完全に開かれてしまったのです。嵐に巻かれるように何もわからなくなって、怒濤《どとう》のような快楽に揉《も》まれて本当に死んでしまいそうでした。今でも腰の奥に燠火《おきび》があかあかと燃えているようです。子宮が甘美な幸福に満たされ、私はこの世にいながら天国をさまよいました。言葉にしてしまえば非常に陳腐で月並みなのですけれど、真実、これまででいちばんの、最高のセックスでした。

でも、あなたは人殺しではなかったんですね。それはそれは、本当に失礼いたしました。独《ひと》り合点《がてん》して盛り上がってしまってお恥ずかしい限りです。あまりにも素晴らしい体験だったものですから、そうとしか考えられなかったのです。どうかお許しください。

ああ、それにしても美しい。あなたの生きた肉体の内側に徐々に沈み込んでいこうとしている青白い少女の腕。あなたはもうすぐ彼女の導きで本物の死を見ることができるのですね。どうですか、死に向かっていく気持ちというものは。死に侵食されていく心地というのは。私もいつかはそれを味わいたい。いずれは必ず叶《かな》えられるものですから待っていればいいのですけれどね。

どうしましたか、顔色が悪いですよ。なぜ震えているんですか。怖いことなどありません。いえ、その恐怖すら残さず味わってください。あなたは今生と死の狭間にある最高の場所にいるんですから。私が焦がれてやまないその境に立っているんですから。え、どうにかしてそこから逃れられないのかと。それは無理だと思いますよ。だって彼女はもうあなたの隅々にまで根を張ってほとんどあなたと一体化しているようですから、どうにもできないんじゃないでしょうか。

そんなつもりじゃなかったと。何度か関係を持った後終わりにしようと言ったら、それを周りに言いふらすと脅されたんですか。ああ、やはりあなたが殺していたんですね。え、正当防衛ですか。そういうときにもその言葉は使うんでしょうか。追い詰められて、やむにやまれず殺してしまったんですね。そうでしたか。生徒さんに人気があるだろうとは思っていましたが、何度かそういうことをしていたんですね。

先ほどあなたは別れようとしたと言いましたが、彼女の方は今でもあなたにひどく執着しているようですよ。あなたとひとつになりたいという一心で、死んでからずっとあなたに巻きついているようです。死が生を支配しようとしているんです。ああ、これがジンとシャリの進化かもしれません。白骨化しているのに成長を止めようとしない。意思を持った死です。生と拮抗《きっこう》するほどに活力に満ち、戦っている。こんなものを見たことはありません。いつも死は静かで、動かないものですから。あなたと彼女はもはや唯一無二の芸術品です。

ああ、今突然思い出しました。あなたのように死を背負った人を見たのは初めてではありません。私の父がそうだったんです。ええ、父は実際に溺れた妹を引き上げ背負っていましたけれど、その後も妹は父の背中にいたんですよ。お葬式を終えた後も、四十九日のときも。一年経《た》たないうちに父は亡くなりました。心臓発作ということでしたが、父の背中にへばりついていた妹がずっと心臓を握っていたのを私は見ていましたので、それで止まってしまったんだろうなとわかりました。

どうして今思い出したんでしょう。何分、幼い頃の記憶ですから定かではないんです。妹の死に直面したショックもあったと思います。けれど、こうして時々ふと思い出が蘇ったりするんですね。ええ、先ほど言った通りうちはごく一般的な家庭でした。母はそれから間もなく再婚して、優しい義理の父を本当の父のように思い、私は何不自由なく育ちました。だからすっかり昔のことを忘れていたのかもしれませんが、今ようやくわかりました。

父が妹を殺していたんですね。父は厳しい人でしたので、もしかすると少し懲らしめるつもりだったのが死なせる結果になってしまったのかもしれません。妹はずっと私の中にいたというのに、そんなことにも気づかなかったなんて、駄目な姉ですね。あなたとあなたの背中にいる少女を見てようやく思い出す始末なんですから。

今になって気づくなんて遅すぎますね。でも、父が妹を殺したのですから、死んでしまっても自業自得なのではないでしょうか。因果応報というものです。誰かを殺した者は誰かに殺されても仕方がない。そう思いませんか。

ああ、ごめんなさい、あなたのことを言ったのではありません。慌てて服を着てどうしたのですか。もう終電の時間は過ぎていますよ。はあ、タクシーで帰るのですか。もっとゆっくりしていってもいいじゃありませんか。もうホテルの料金は宿泊になってしまっていますし、私はもっとあなたの話が聞きたいのです。今まで私が喋ってばかりでしたから。ああ、もう何も話したくはないのですね。そうですか、残念です。今までの話はすべて冗談、と言っても、もう聞いていただけそうにありませんね。

　え、冗談ですよ。どこからどこまで、ですか。そんなことを聞かれてもわかりません。私、いつも自分の妄想を話しているうちに興奮してきて、喋るのを止められなくなってしまうんです。だから、何を口にしたのか覚えていないんですよ。あなたもそうなのでしょう。あなたが言ったことはすべて嘘《うそ》。そうでしょう。ですから、お互い今夜のお喋りは忘れましょう。忘れるつもりで、語り合いましょう。

　さあ、もう一度私に触れてください、その美しい手で、指で。そして話してください、あなたのみずみずしい嘘を。先ほどの素晴らしい妄想の続きをどうか、どうか、あふれるほど私に聞かせてください。夜はとても長いのですから。それはもう、終わりの見えない深淵《しんえん》のように、深く、昏く。

赤い傘

忘れられない女がいる。

その女に会ったのは、亮平《りょうへい》が唯一の家族を亡くしてすぐのことだった。

末期がんの宣告をされた僅かひと月後にこの世を去った母。あまりに呆気《あっけ》なく目の前から消えてしまった現実を未《いま》だに捉えきれず、亮平は母の死後半月が経《た》ってもまだ夢の中にいるような心地だった。

同僚にそれとなく気遣われながら仕事をした後食事をとる気もせず、一人暮らしのマンションにまっすぐ帰る気分にもなれず、会社と家の間にある適当な駅にふらりと降りた。

その駅を選んだのは特に大きな理由はないが、強《し》いていえば電車から見た風景にどこか懐かしいものを感じたからだ。

駅前の商店街を進んだ先に、よくある昭和の時代に建てられたものをリノベーションした団地が見える。小さな店が立ち並ぶ商店街も、同じ形の集団住宅が林立する団地も、どことなくノスタルジックに見え、郷愁を誘われた。

駅からは勤務後のサラリーマン、塾や習い事帰りらしき子どもなどが住宅街を目指して歩いている。自分もその中に混じって、団地へ帰るような心地で賑《にぎ》やかな商店街をぶらぶらと歩いた。見知らぬ場所ならどこでもいい。母の思い出のないところならばどこでもよかった。自分の日常から、現実から離れたかったのだ。

辿《たど》り着《つ》いた団地のそれぞれの部屋から漂う夕食の匂いに、亮平は一瞬、子どもの頃に戻ったような気持ちになる。

遅くまで外で遊んでいると、いつの間にか日は落ちて風景は静かな青い色に塗り替えられている。慌てて家に帰れば、ドアを開けた瞬間、橙 色《だいだいいろ》の暖かい空間と、醤油《しょうゆ》や味噌《みそ》の香りに包まれる。ドアをひとつ隔てただけで、どうしてこんなに違う世界になるんだろう。どうしてここはこんなに安心するんだろう。子ども心にそんなことを考えた。

「おかえり」

亮平はハッと我に返る。

すぐ側で迎えに出てきたらしい母親が子どもを抱き締めている。

軽くかぶりを振って、ため息を落とした。どうしても、母の死以降気づけばぼんやりと物思いに耽《ふけ》ってしまう。

父はとうの昔に亡くなっていて、写真でしか顔を見たことがない。母と長く二人暮らしを続け、離れていたのは大学卒業後に就職し一人暮らしをしていた八年ほどのことだ。その間も度々母の許《もと》を訪れていたので、さほど別々に暮らしたという実感はない。

まるで自分自身の大きな一部分が欠けてしまった感覚だった。機能不全に陥っていて頭がまともに働かない。雲の上を歩いているような心地である。

そのままフラフラと歩き、団地前のバス停に行き着いた。

するとそこに、妙な若い女がいたのだ。

(何だ、あの女。雨でもないのに傘なんか差して)

無地の赤で、夜のバス停の蛍光灯に照らされ、やけに目につく傘だった。雲ひとつないのに、女は堂々と傘を開いて立っている。よしんば雨だったとしても、そのバス停には屋根がついているので傘を差す必要はない。そして一月の冬空はもうとっくに暗くなっているので、日傘も無用のはずだった。

妙なのは傘だけではない。女は冬の寒い日に、若草色のワンピースに藤色の薄いカーディガンを羽織っただけの姿だったのだ。明らかに極端な薄着である。

すべてがちぐはぐでおかしかった。雨でもないのに傘を差し、冬なのに夏のような服装をしている。

亮平は思わず女をじろじろと観察してしまった。通行人や同じくバス停にいる人々はちらとも女の方を見ない。もしかすると、いつもここにいる妙な女なのかもしれないと察した。触らぬ神に、というやつだ。

子どもの頃、近所に変な婆《ばあ》さんがいた。車の中で傘を差し、どんなに寒くても肌着一枚で外をうろついていた。気づいた家族が慌てて家に連れ戻すという按配《あんばい》だったが、この女もその類いだろう。

けれど、変だ、妙だと思っていても、なぜか亮平は女から目が離せなかった。異性としての興味で女に注目しているわけではない。ただ、気になった。その場から立ち去ることができない。

やがてバスがやってきたが、その女は乗らない。行き先が違うのだろうか。そう思って観察を続けていたが、女はいつまでもバスに乗ろうとしなかった。次も、その次も。

よく見れば、もう一本、青い傘を持っている。赤い傘に気を取られて気づかなかった。まるで、雨の日に傘を忘れた家族を出迎えるためにそこに立っているかのようだ。雨など降っていないにもかかわらず。

バスを何本も見送って、女は少し不安げな顔をし始める。なかなか待ち人が現れないのだろう。

「どうかしましたか」

亮平はいつの間にか声をかけていた。

どう見てもおかしな女なのに話しかけたのは、彼女があまりに切ない顔をしていたからだ。吸い込まれるように歩み寄ってしまった。

亮平に突然声をかけられた女は、最初驚いた様子で傘を揺らし、こちらを見た。けれどすぐに人好きのする笑みを仄《ほの》かに浮かべ、肩を竦《すく》める。

「夫を待っているんですけれど、来なくって」

「そうなんですね。すみません、いきなり声をかけて。ずっとここにいらっしゃったので、気になって」

「ええ。今日に限って、なんだか遅いんです。あの人ったら梅雨時だっていうのに、朝曇り空だったからって、傘を持たないで出かけたんですよ。案の定、夜になってまた降ってきたじゃないですか。だからこうして待っているんですけれど」

答えられない亮平をどう思ったか、女は間を保《も》たせるように言葉を継いだ。

「毎日雨で、嫌になりますよね」

次の日も、その次の日も、女は同じ場所にいた。決まった時間に傘を差してバス停に立って、夫を待っている。

夜の七時十分。早めの時間帯に行っても、遅めに行ってもいないので、毎日きっちり同じ時間にバス停へ向からうらしい。それから約三十分の間、女はそこにいる。けれど亮平は一度も彼女の夫が帰ってくるのを見たことがなかった。それでも毎日、女は待っている。

「よく会いますね」

女は不審げな様子も見せずに亮平に微笑《ほほえ》みかける。

「この辺りにお住まいなんですか」

「ええ。僕も家族を待っていて。心配なので、いつも到着の時間より早く来てしまうんです」

「わかりますよ。私もそうですから」

素直に頷《うなず》く女に、嘘《うそ》をついた罪悪感が僅かな痛みとなってじわりと胸に広がる。けれど、こうでも言わないと、毎日ここに立っている説明がつかない。

「あの、傘、お貸ししましょうか。夫が来るまで」

女はおずおずと申し出た。彼女の世界ではバス停に屋根がなく、毎日雨が降っているのだから、いつも傘を差していない亮平が奇妙に見えるに違いない。

「いえ、大丈夫ですよ」

「でも、濡《ぬ》れてしまいますよ」

「平気です。僕、こうしているのが好きなんです」

彼女に見えているものを否定する気はなかった。実際、こうして側にいれば鼻先に雨に濡れて湿った土の香りが漂ってきて、まるで本当に雨の中にいるような心地にもなってくる。水分を含んだジャケットのズッシリとした重みを感じながら、亮平は女のいる場所と自分のいる場所との、近くて遠いふしぎな空間に己の身が自然と溶け込んでゆくのを感じた。

「旦那さん、まだ来ないんですか」

「ええ。どうしてこんなに遅いのかしら。心配だわ」

「残業されてるんですか」

「いえ、そうじゃないと思うんですけれど。小さい町工場で働いているんです。社長さんも優しい方で、きちんと定時で帰してくださるので。夫も何かあって遅れるときは、ちゃんと家に電話をかけてくれるはずなんです。私の方からは、もし仕事中だといけないので電話できなくて」

「今日は何の連絡もなかったんですか」

「ええ、今日は何も。いつもはこんなことなかったんですけれど」

女は毎日待っているのに、「今日は」「今日に限って」と言う。

彼女の世界にまたひとつ奇妙な設定が加わった。女はいつも『初めて』ここで夫を待っているのだ。ということは、亮平はこのバス停に日参しているが、女は毎日『初めて』亮平に会っていることになる。しかし女は親しみを込めて『よく会いますね』と亮平に声をかけるのだ。矛盾しているが、そもそも何もかもが矛盾しているのだから、ひとつひとつ考えてもきりがない。

むしろ亮平はこのおかしな状況を楽しむようになっていた。女と過ごすために、変わり映えのない会話を毎日毎日繰り返す。亮平がここに通い始めて、すでに二週間が過ぎていた。

やはり彼女と過ごしていると現実を忘れていられる。仕事中でも気づけばぼうっとしたり悲しみに浸ったりしてしまうけれど、ここに来て彼女と話していれば、そのふしぎな世界に呑《の》まれるように、現実の痛みを感じずに済むのだ。

仕事の後、毎日のようにせっせとどこかへ足を運ぶ亮平に、同僚は恋人でもできたのかと勘違いしているらしい。母の葬式の直後はいつでもぼんやりとしていた亮平が、急に懸命に仕事をこなし残業をしないようあくせく働くようになったのだ。何かあったと思うのが普通だろう。

(恋じゃない。だけど、似たようなものかもしれない)

時間が近づけば会いに行かなくてはと気が急《せ》いた。恋い焦がれるような胸のときめきはないが、とにかく会いたい、彼女の世界に飛び込みたいという渇望に追い立てられる。まるで彼女に会うために日々を生きているようなものだった。

夜のバス停にいつものように赤い雨傘を差す女の姿が見えると、ホッとする。自分のいる世界と女のいる世界が、あるとき突然交わらなくなる可能性もあるだろう。そうすると彼女とはもう会えなくなる。そんな恐怖に常に煽《あお》られていた。

子どもの頃に感じた、扉ひとつを隔てた二つの世界。母親が夕食を作っている暖かい橙色の空間と、外の静かな青い空間。そこを行き来するには扉を開けばよかったが、今のこの二つの世界には確かな境界が存在しない。

そんなある日、亮平は女の具合が悪そうなのに気がついた。傘の陰に紛れて最初は気づかなかったのだ。

「大丈夫ですか。ちょっと顔色、悪くないですか」

「ええ、少し気分が」

女は小さく息を吐き、気を取り直すように微笑する。

「でも、病気じゃないんですよ。あの、ちょっとつわりで」

どきりとする。女は妊娠していたのか。

デリケートな話だと思うが、彼女は隠さなかった。亮平に気を許しているのだろうか。

不審者と思われていないことが救いだった。

「そんなにひどくはないんですけれど、しつこくて参っちゃうんです」

「そうだったんですね。それじゃ随分お辛《つら》いでしょう。立ちっぱなしじゃいけません、どこかに座った方が」

「いいえ、夫ももうすぐ帰ってくるはずですから」

女は気分が悪いのを堪えてそのまま立っている。そして結局は、最後まで夫はやってこずに、とぼとぼと帰るのだ。そんな彼女が不憫《ふびん》でならなかった。たとえ彼女にとって『今日に限って』のことであっても、亮平はそんな彼女を毎日見ているのだ。

腹に生命を宿しているという彼女の横顔をそっと盗み見る。みずみずしい丸い頬の稜《りょう》線《せん》。つまんだような小さな鼻。大人しい、それでいてもの言いたげな奥二重の目。後ろでひとつにまとめられた豊かな黒髪の鮮やかな生え際。左の目元にある小さなほくろは、きめ細かな肌の白さを浮き立たせている。

（ああ、若いな）

その若さに、なぜか亮平は胸を絞られるような切なさを覚えた。彼女は若く、妊娠していて、傘を忘れた夫を一人バス停で待っている。そのいじらしさに、泣きたくなった。

（幸せなんだな、この人は）

亮平は女を不憫だと感じている。けれど、彼女自身はきっとそう思ってはいない。女は幸せにあふれているのだ。彼女は夫を愛していて、子宝に恵まれ、そして気分が優れないのに、バス停から家までの短い道のりで濡れないようにと、こうして雨の中ずっと立って待っている。

傍《はた》から見れば気の毒に思えるような状況でも、その時間すら、彼女はきっと幸福だ。帰ってこない夫を待っているその一分一秒、彼女は夫のことだけを考え、心配し、想像し、早く会いたいという想《おも》いに胸を膨らませているのだろう。

実際、女が話す内容はほとんど夫のものだった。

「夫とは仕事で出会ったんです。私が勤めていた会社の取引先で、上司に連れられて挨拶に行ったときに、恥ずかしいんですけれど、お互い一目惚《ひとめぼ》れをして。それで、あっという間に結婚を」

「私の会社も小さいところでしたから、制度があまり整っていなくて、妊娠と同時に辞めてしまって。夫は今まで以上に私を気遣ってくれて、いつも早めに帰ってきてあれこれと世話を焼いてくれて。本当に優しい人なんです」

「私、田舎が新潟なんですけれど、夫は富山で。近いからなんでしょうかね、何となく最初から空気が合うっていうか。一緒にいると安心するんです。まるで最初から家族だったみたいに」

亮平は日々、会ったこともない女の夫に詳しくなっていった。彼女が自ら話すだけでなく、亮平も夫に関する質問をした。彼女の伴侶に興味はない。ただその話題を振れば、彼女が生き生きと答えてくれるのを知っていたからだ。それに、彼女の声は聞いていると心が落ち着く。何でもいいからずっと話していて欲しいほどだった。

「ごめんなさい、私、自分の話ばかりして」

「いいえ、僕が聞いているんですから、謝らないでください。あなたの話が聞きたいんです」

「でも、私ばかり喋《しゃべ》っています。あなたのことも教えてください」

女の気遣いを曖昧な微笑でやり過ごす。亮平には誰かに話したいようなことなど何もなかった。母子家庭で育ち、母のために勉強をしてそれなりの大学に入り、それなりの企業に就職し、平凡な独り身の日々を過ごしている。そろそろ相手を探して結婚し、子どもを作って、孫の顔を見せて母を安心させてやりたい。親孝行したい。そんなことを何となく考えていたけれど、それはもう叶《かな》わなくなってしまった。

母がいなくなると、自分が何をしたいのかがまったくわからなくなった。思えば、今まで亮平はすべて母のためと思って人生の選択をしてきた。その母が亡くなってしまった今、自分が何をすべきなのか、そもそも何を望んでいたのか、まるで深い霧の中に迷い込んだように何も見えなくなってしまったのだ。

「そういえば、あなたが待っていらっしゃるご家族って、お子さん？」

「いえ、違います。僕はまだ結婚もしてないんで」

「あ、すみません。じゃあ、お母さまとか」

「まあ、そうですね」

唯一の家族だった母もいなくなってしまったのだが、言い訳に使っていた『家族』が他に思いつかない。

「親孝行な息子さんですね」

「あなたの方が親孝行ですよ。ご両親にお孫さんを見せてあげられる」

そう返すと、女の表情が曇る。

「そうですね。でも私、あまり親と上手《うま》くいってないんです」

「これから産まれるお孫さんがいいきっかけになるかもしれませんよ」

「大丈夫です、親がいなくても。私には、夫がいればいいので」

晴れやかに笑う女に、突如苛立《いらだ》ちが込み上げる。

でも、その夫は全然帰ってこないじゃないか。そんな残酷な言葉が思わずこぼれかけた。

そう、彼女の夫は帰ってこない。何度待つことを繰り返しても、彼女の愛する人は現れない。

今も、今日何本目かわからないバスが到着した。その度に女は期待に満ちた目をしてドアから一人一人降りてくる乗客を見つめている。けれど、その期待はいつも裏切られる。永遠に。

そのはずだった。

「あ！　あの人よ！」

女が喜びに満ちた声を上げる。

(そんな、まさか)

亮平は目を疑った。

彼女の夫が降りてくるはずはないのだ。それは絶対にあり得ないことで、起きるはずのない展開だった。

しかし、彼は帰ってきた。

痩せ型でひょろりと背が高く、顔も面長で困ったような八の字の眉が印象的だ。白い半袖のワイシャツに濃いグレーのスラックス姿で、使い古した通勤用の鞄《かばん》を小脇に抱え、いかにも真面目そうなサラリーマンの姿である。すぐに赤い傘を持って待っている妻に気づき、驚いた顔をしながらも嬉《うれ》しそうに微笑んだ。

「ごめん、遅くなって。道端で偶然会った知り合いに捕まっちゃってさ」

「もう、待ってたのよ。あなたったら傘忘れて行くんだもの。こんな雨の日に」

男は怒ったふりをする女に謝りながら、優しく抱き締める。いかにも幸せそうな夫婦の抱擁に、亮平は形容し難《がた》い心地に見舞われた。

彼は知っているのだろうか。妻が毎日毎日、この場所に立って待っていたことを。亮平がここに通い詰めた日々だけではない。女の心はずっと、三十年以上もの間、ここにいたに違いないのだ。

亮平は男を見つめた。

写真の中でしか見たことのない、今の亮平よりも若い父の顔がそこにあった。

（とうとう、連れていくのか）

亮平の父は、母が彼を身ごもっている最中に事故で死んだ。会社から出てすぐに居眠り運転をしていたトラックに轢《ひ》かれ、駆けつけた救急隊員によってその場で死亡が確認されている。その日、母は帰ってこない父をいつまでも雨のバス停で待っていて、そして諦めて帰宅した直後、その報《しら》せを受けたのだ。

（連れていってしまうのか。母さんを。一人残して苦労させたくせに、最後だけ迎えに来

るだなんて）

ひと目見たときから母だと気がついていた。けれどそんな馬鹿なと疑う気持ちももちろんあり、確証を得るためにバス停に通うようになった。

見れば見るほど、母に似ていると思った。若い頃の写真はほとんど見たことがなかったのでまだ自分の中で断言できずにいたが、話しているうちに、この状況が話に聞いた父の最期とまったく同じであることに思い至り、そして妊娠していると聞いて、とうとう確信した。

この女が若い頃の母であること。そして夫の死を知らされる直前の場面であること。そんな空間に、なぜか自分が入り込んでしまっていること。

現実なのか幻なのか、もうそんなことはどうでもよくなっていた。ただ、母が恋しかった。自分が覚えている母でなくともいい。若い時代だとしても、母は母だ。

だから会話を続けた。たくさんの質問をした。父親にあまり興味はなかったが、夫のことを話しているときの母が嬉しそうなので、つい彼のことばかり聞いた。記憶にある母の声よりも高く早口で、若やいだ声音だったけれど、それは確実に母の声だ。聞いているとひとりでに涙が滲《にじ》みもした。

若い母も言っていた通り、彼女は実家との仲があまり上手くいっていなかった。しかしやはり親は娘を心配して援助を申し出たらしい。新潟に帰ってきてよいとも言ったようだ。母はしばらく渋っていたが、結局亮平が産まれたばかりの頃は数年間母親や親戚が手伝いに来ていたらしい。物心ついた頃にはすでに二人きりで暮らしていたので、続けていける仕事と子どもを預ける先を見つけて家族を帰したのだろう。

母は強い人だったので息子の亮平に苦労を強いることはなかった。けれど子どもは親の背中を見て察するものだ。亮平は母を幸せにしたいと幼い頃から思っていた。

その母も先月亡くなった。まだこの世をさまよっていた魂は、夫を待っていたあの日に戻っていたのだ。当時は屋根のなかったバス停で、雨の日に赤い傘を差して。

女手ひとつで亮平を大切に育ててくれた母が最後に魂を寄越したのは、息子の許ではなく、とうに亡くなっていた夫のところだった。その現実に失望しながらも、母の記憶の中のひとときを共に過ごせたことは、紛れもない喜びとなった。

ここの団地はかつて父と母が住んでいた場所だったのだろう。亮平がこのバス停に辿り着いたのは偶然などではなく、母の魂に惹《ひ》かれたためだったのかもしれない。

まだ連れていくな。まだ一緒にいたい。もっと色々なことを話したい。そう強く願ってしまう。同時に、夫と出会えた母の喜びようを見ていると変に胸が熱くなった。

父が死んだあの日から、母の心はずっとここに留まったままだったに違いない。そして、今ようやく会うことができたのだ。

「あの、ありがとうございます。ずっと話し相手になってくださって」

彼女は亮平を振り向き、少し恥ずかしそうに微笑む。隣には青い傘を差した夫が立っている。

「三十分くらいでしたか。僕も同じく家族を待っていましたから、大丈夫ですよ」

「ええ、そのくらいですよね。でも変ね、なんだかもっと長かった気がします。長い長い……夢を見ていたような」

長い夢を見ていた。

それはバス停で夫を待っていた日々のことなのか、それとも。

「あの……それ、どんな夢でしたか。悲しい夢ですか」

「そうですね、すごく悲しい夢。でも……その後幸せになる夢でした。おかしいわね、あなたとお話ししていただけなのに」

罪のない顔で白い歯を見せる若い母。

そう、きっとここで待っていた彼女にとっては、その後の現実はただの夢。長い長い夢。そして夢から覚めた今、ようやく夫と会うことができた。何事もなくてよかった。無事でよかった。その幸福な安堵《あんど》で胸をいっぱいにしながら。

（それでも、『幸せ』と言ってくれた）

その一言だけで、救われた。親孝行できなかったと後悔していた。けれど母は、幸せを感じてくれていたのだ。

それじゃ、と彼女は挨拶し、隣の夫は亮平に軽く頭を下げ、二人は手を繫《つな》いで家に向かう。うら若い母の横顔が、幸福そうに輝いている。

赤い傘と青い傘が並んで去っていくのを見つめていると、視界がぼやけた。

「さよなら。母さん」

温かな雨が、亮平の頰に滴った。

初出一覧
あやか……………………「小説現代」2022年5・6月合併号
真夜中のドライブ…………「小説現代」2025年1・2月合併号
楽しい話をしてあげる……「小説現代」2025年3月号
ジンとシャリ………………「小説現代」2021年7月号
そのほかの短編は書き下ろしです。

丸木文華（まるき・ぶんげ）
埼玉県出身。小説家、シナリオライター。手がけたゲームに『コイビト遊戯』『蝶の毒 華の鎖』など、著書に「兄弟」シリーズ（イースト・プレス）、「フェロモン探偵」シリーズ（講談社X文庫）など多数。BL・TL作品に熱狂的なファンを持ち、「執着」「愛憎」をテーマにした作風が支持を得ている。「カスミとオボロ」シリーズ、『誰にも言えない』（ともに集英社オレンジ文庫）など、一般レーベルでも活動の幅を広げている。

冷《つめ》たい骨《ほね》に化《け》粧《しょう》

2025年2月17日　第1刷発行

著者……丸木文華《まるきぶんげ》

発行者……篠木和久

発行所……株式会社講談社

東京都文京区音羽2－12－21

郵便番号112－8001

電話

編集　03－5395－3505

販売　03－5395－5817

業務　03－5395－3615

本文データ制作……講談社デジタル製作

印刷所……株式会社KPSプロダクツ

製本所……株式会社若林製本工場

N.D.C.913 222p 20cm

ISBN 978-4-06-537924-0

KODANSHA